凉山故事

李辉 / 主编
何万敏 贾巴尔且 等 / 著

地名古今

海天出版社

| 总序 |

地名，我们回家的路

地名如人名，与生于斯长于斯的一代又一代人，息息相关。地名，承载丰富的文化信息，承载千百年的情感传承，不会随着时间推移而消失。一个长期形成的地名，其实就是那个地方的符号，那个地方所有人情感所系的标志。即便远在他乡，故乡名字，在人们心中永远不会忘记。我们常说珍爱乡愁，寻找乡愁，乡愁就融在地名之中。

2016年清明前夕，我在武汉做一次关于地名的演讲，听一个省的民政厅干部讲了一个故事。一位漂泊在外的老人，身体不好不能回到家乡，就让孩子回来寻根，找他生活过的地方。孩子归来，拿着那个地名，难以找到，原来那个地名早已消失。最后，孩子找到民政厅，翻阅地名档案，终于找到原来的地名。这位老先生，写信来感谢他们，同时在信中说："你们经济发展得很好，建设也很好，但是地名不要改，地名是我们回家的路。"

地名，我们回家的路。说得多好。

地名，在所有寻找乡愁的人们心中，就是一条回家的路。即便对于没有在这里出生的人，那也是祖辈的根，后代依旧将心底的那份乡愁，与那个遥远的地名联系在一起。为《中国人民志愿军战歌》谱曲的周巍峙先生，曾任文化部代部长、全国文联主席，他爷爷那一代逃荒离开徽州，虽然周巍峙没有在徽州出生，但徽州一直在他心中。我在微信公众号"六根"发表《徽州，归来吧！》一文之后，他的儿子周七月告诉我，父亲一直想找到徽州的家乡，并且认为徽州地名被黄山替代，是没有文化的表现。他根据父亲提供的堂号，前往徽州，找到了祖辈生活过的村庄和祠堂。去世两年前，周巍峙终于回到徽州祖籍所在地，了却心愿。为踏上这条回家的路,他等待了整整90年!

回家的路,到底有多远?有多近?对于所有人,远与近,在乡愁中,在梦中。

地名的替换与取消,显然,需要慎之又慎。尤其是一个历史悠久的地名,早就成为中国文化的一部分,它们存在于史书、碑刻、文学经典之中。如果轻率地将之更名,多少文化信息就会被消解。陕西汉中的勉县,是武侯墓和武侯祠所在地,因汉水称作沔水,后来,这里一直叫沔县。1964年,因考虑到"沔"字不好写,便随便改为"勉"。汉水流至湖北,一个县叫沔阳,和沔县的"沔"是同一个字。可是,上世纪60年代没有改名的湖北沔阳,到80年代却改名叫仙桃市,沔阳从此消失。远远近近的人,都熟悉沔阳三蒸、沔阳花鼓戏,可如今,一个"仙桃",令"沔阳"失去了多少历史内涵。为此,生于斯长于斯的作家池莉,特意撰文呼吁恢复"沔阳"。

说到襄阳,会想到王维的"襄阳好风日,留

醉与山翁",想到杜甫的"即从巴峡穿巫峡,便下襄阳向洛阳";说到荆州,会想到"大意失荆州";说到衡阳,会想到高适的"衡阳归雁几封书";说到徽州,会想到汤显祖的"一生痴绝处,无梦到徽州"……试想一下,如果将"襄樊""荆沙""黄山"在诗句中予以替换,今人与后人的感受,又该如何?幸好衡阳、泰安等地名,没有在黄山替换徽州之后也随之更改,不然,多少经典诗词,将从此失去地名带来的历史内容和美感。

能否慎重更换地名,其实就在于是否对地名有一种情感。这种情感,是个人的,是家族的,更是地方的、民族的。诸多地名情感的滋生、蔓延与丰富,才构成一个民族的文化自尊。在更换地名之际,我们需要敬畏文化,敬畏历史,任何一个地名,都是在悠久历史中形成的。邯郸这个地名,延续两三千年,不是依旧与人们同在吗?

可喜的是,如今越来越多的人,知道重视传统,敬畏历史。当然,不是所有地名都必须恢复旧名称，但对于"徽州"这样极其重要的历史地名，却值得付出一定代价予以恢复。没有徽州，哪里有"安徽"？全国第二次地名普查，无疑给了我们一次新的契机。通过普查，来一番梳理，让中国的地名更带有历史沿袭性，更具有传统文化特色，让新起的地名更能体现中文之美，更有丰富内涵。当然，这需要各地政府，有勇气面对过去的错误。譬如徽州，将这种改错的著名地名重新恢复，才是对历史、对文化的真正珍爱与敬重。

珍爱地名，回家的路，再远，也很近。

于是，我忽发奇想，何不开设一个"地名古今"微信公众号？2016年5月3日，"地名古今"启动。第二天，5月4日，发表我的第一篇文章《地名，我们回家的路》。"地名古今"的帷幕，慢慢拉开。时间真快，到2018年5月，"地名古今"推出整整两年。两年来，"地名古今"成为全国各地作者讲述地名历史的小小平台。大家互不相识，却在平台上读对方的文章，了解彼此的历史、文化和故乡情感。

的确,地名不是干巴巴、枯燥的几个汉字,它们包容了多少历史变迁、多少文化内涵、多少故乡人的情感。"地名古今"不仅仅讲述地名的历史变迁与故事,还希望不同门类的专家参与其中。家族故事、方志、中国园林常识、旅行、寻访……不一样的地名,不一样的风景,要用不一样的心情去感受,去领悟。

一年之后,2017年5月我重新拟定六个栏目,分别如下:

1. 我说地名:以个人视角讲述熟悉的地名历史变迁和故事,避免面面俱到,避免罗列概念。突出个人对地名的理解和历史变迁的解读。

2. 倾听讲述:每个村庄、每条街巷,都有说不完的人与地名故事,每个人都是一本大书,倾听讲述,以细节勾勒岁月流逝中的、难以重现的故事。

3. 我的漂泊:许多人的人生旅程,会在迁徙、漂泊中走过。用印象最深的几个地名，穿插个人的成长史、生活史，本身就是"地名古今"不可缺少的内容。

4. 故居寻访：千百年来，每个地方都有影响历史、文化的名人，故居寻访，在寻访中解读名人，使之古今融合。同样避免面面俱到，写最能触动自己的地方即可。

5. 行走天下：旅行已成为当今时尚所在。如何行走，如何把旅行化为自己生活、精神的一部分，把旅行与异地观感融为一体，既是游记，也有颇为充实、敏锐的诗意表达，这是最值得期待的行走天下。

6. 回家的路：远离故乡的人，心中永远牵挂故乡。每次踏上归家之路，都会是一种全新的体验。儿时星星点点的记忆，家庭几代人的酸甜苦辣、悲欢离合，都是取之不尽用之不竭的素材。一棵树，一口井，一家人，左邻右舍，都是故乡难忘的记忆。

谢谢海天出版社诸位同仁厚爱,同意接纳出版"地名古今"丛书。所有"地名古今"作者,得知这一消息,都为之激动。

期待更多读者和作者关注"地名古今",参与撰写更多故事。

未来的日子里,我们再前行!

李　辉

2018年新年之际写于北京看云斋

| 序言 |

大凉山的山水知己

——《凉山故事》的心影留痕

大凉山,神奇辽阔的土地,大山大水大资源,好天好地好风景,雄深雅健,气势超拔,集山水滩岛之伟岸,兼融源远流长、绵延不断的人文景观于一体……吟起来就是一首脍炙人口的诗,绘起来就是一幅令人神往的画。这些富有诗情画意的山水风光和人文景致都以历史和当今的视角在这几位作家笔下呈现。

文化生态最明显的特征是多姿多彩,地理单元的独特性与相对封闭性,造就了一方天地的文化品格;历史的延续性和连贯性,又延伸着本区域生生不息的文化传统。民风民俗是特定社会文化区域内历代人们共同遵守的行为模式，涵盖着历史沉淀及当时社会状况的场景，不仅有较高的艺术价值，更具历史价值，民风民俗也是现代旅游建设中的重要参考。

历史的不同场面的贯穿，是时间的重量。地理则是经由不同的事件、时代的痕迹的积淀，何万敏笔下的西昌，诸如袖珍天府，礼州、灵关古道，古韵犹存的西昌驿站……贾巴尔且笔下的大凉山索玛花、惊险的金沙江大峡谷，萨古曲惹笔下守护最后的瓦板房文化的罗木呷人，油画般的黄苦荞，以及蒋元顺笔下方言与会理文化的灵魂关系……充溢凉山地理的玄机，大处着眼，细处结裹，显示作家们对山水形胜的独到研判，对宏观和微观的有机把握。磅礴大气，悠远深沉，生动活泼，像一部徐徐展开的人文地理笔记，以现代观念，对历史文化、自然特征作深层的探究、反思和追问，并用情感化的语言来诉说，那深广历史地理背景下的人文关怀。以其寓意之深远，涵容之蕴藉，寄情之豪迈，必将于社会中引起共鸣，引发对文化的敬意，而与当前的大时代合拍，大时代需要这样的策划成书。

  本书对于史上大凉山的记载，以鲜活的笔触把沉淀的历史写活，一部具有神话般的史说史述通过何万敏等作家的文章将凉山史地娓娓道来。撰述者自觉担当起发掘人文历史、传承精神文明的责任，节点清晰、棱角分明地提取历史信息，勾勒衍变脉络，展现大凉山的真实历史文化原貌。同时也通过文字的触觉，无远弗届地打通时空隧道，仰望祖先绚烂的生命心影。不仅以地域为记述空间，具有地理性，而且以一定时间为限，具有明显的历史性，所以既是地理书，又是历史书，史地两性，融会贯通。地志之历史化，历史之地志化——两者兼而有之。引人入胜的、承载着人类原始记忆的民俗文化，大凉山历史变迁的岁月留痕，物华天宝的独特文化魅力……总之是大凉山久远而凝重的历史,异变为文字的陈酿、深挚的爱、久远的希望。

大凉山地处僻远,在上古中古的正史记载中,甚至被视为不毛之地。实际上,时至今日,这种所谓的地理上的寂静荒僻,反而在经济上葆有后发优势,尽显绿色生态潜力,作家们将山川形胜的总体概貌和具体的景象交错式镶嵌叙述,其间又有乡土精神、人物故事的嵌入,而且不时着墨于第一手的精详考证。古风今韵,交相辉映。这当中,自有一种礼失而求诸野的深远寄托。文章的得失和价值,在原生态的书写中,同时变身为一种宝贵的情感文献。

一本图书的编辑出版理念,实际上是策划者在编撰过程中锤炼、渗透其中的思想与精神。这个系列的著述,其技术体例、作者遴选,由文章大家李辉先生考量手订,从策划到成书,种种细微之处,已不是简单的印刷品,而是臻于一种图书艺术的境界。其间历史的岁月沧桑,读者除享有绝佳的阅读美感经验之外,还能唤起对其所辐射的空间的思索与向往。

本书的作者,皆为当地文坛的一时之选,他们对这块土地有深深的热爱,又多年执着于实地的田野调查,文字深郁宛转,皆以糅杂史实与现场的冷静叙述,丰富而多层面地展现了大凉山在历史风貌、自然资源、人文传承、美丽乡村等方面的大美。本书葆有相当的高度,而涉及面以及涵盖内容可谓深广,对文化资源进行全方位、多视角研究,文化定位准确。以文字致意大凉山,用心良苦,含有深远的命意,步履与土地,脚下是深情的丈量,笔下是深情的呈现,大地、山河、泥土、森林的温度和气息,深深缭绕在其篇章的字里行间。面对大起大落、气魄宏伟的大凉山,零距离融会无间的叙写,相信即使经过漫长的岁月,也依然会鲜明如恒。

伍立杨

| 目 录 |

马可·波罗,为西昌古城而痴迷（何万敏）　　001

从法国走来,方苏雅与彝族祖先

　　默默相望（何万敏）　　013

大地恩赐西昌,造就"袖珍天府"（何万敏）　　027

大凉山,俄国人顾彼得初识

　　"彝人首领"（何万敏）　　042

横断山深处,马帮铃声摇醒清晨（何万敏）　　055

礼州古镇,古韵犹存的西昌驿站（何万敏）　　067

清溪道,灵关古道留存的最美身影（何万敏）　　082

凉山最美处,梦中牛牛坝（何万敏）　　098

大凉山,索玛花儿开了(贾巴尔且)　　　111

大凉山:最后的彝族瓦板房(贾巴尔且)　　119

金沙江大峡谷,看不够的惊险奇绝(贾巴尔且)　136

从简阳走进会理煤矿(蒋元顺)　　　144

方言没了,还有会理的故事吗?(蒋元顺)　154

又是九月,大凉山苦荞黄了(萨古曲惹)　　165

带上嘴巴到彝家来过年(萨古曲惹)　　173

罗木呷人,守护着最后的瓦板文化(萨古曲惹)　186

走进凉山深处,探秘昭觉角落

　　　(阿克鸠射　俄底科日)　196

马可·波罗,为西昌古城而痴迷

何万敏

无论于如今交通便捷、旅游资源丰富而广为吸引游客来说,还是以数百年前路途遥远、外人实为罕至而言,西昌,都称得上是不可多得的一块宝地。打开凉山的地貌图一望便知,在红褐色所覆盖的群山当中,一爿绿色,紧紧依偎于青藏高原东缘,在南北向耸立的横断山脉和奔涌的江河间,显得惊艳、宁静和妩媚。

穿过高山峡谷,眼前豁然开朗。谁能想到,万仞千山围裹之间,安宁河谷平原竟是四川第二大平原。许多人跋涉了千山万水抵达西昌,马上就会沉醉在金色的黄昏中。朗阔的平原之上,村庄散落于沃土。索性站上一高处瞭望,可见泸山脚下碧绿的邛海,像一颗翡翠,泛着绿光。古邛海的范围肯定比现在更大一些。于是入夜之后,千盏渔火、万顷波鳞,令人不饮而醉。

远道而来的马可·波罗,肯定也曾被眼前的景色所痴迷与陶醉。

他在后来那本著名的《马可·波罗行纪》中写道:

> 建都是西向之一州,隶属一王。居民是偶像教徒,臣属大汗。境内有环墙之城村不少。有一湖,内产珍珠,然大汗不许人采取。盖其中珍珠,若许人采取,珠价将贱,而不为人所贵矣。惟大汗自欲时,则命人采之,否则无人敢冒死往采。
>
> 此地有一山,内产一种突厥玉,极美而量颇多,除大汗有命外,禁人采取。
>
> …………

至其所用之货币，则有金条，按量计值，而无铸造之货币。其小货币则用盐。取盐煮之，然后用模型范为块，每块约重半磅，每八十块值精金一萨觉，则萨觉是盐之一定分量。其通行之小货币如此。

境内有产麝之兽甚众，所以出产麝香甚多。其产珠之湖亦有鱼类不少。野兽若狮、熊、狼、鹿、山猫、羚羊以及种种飞禽之属，为数亦夥。其他无葡萄酒，然有一种小麦、稻米、香料所酿之酒，其味甚佳。此州丁香繁殖，亦有一种小树，其叶类月桂树叶，惟较狭长，花白而小，如同丁香。其地亦产生姜、肉桂甚饶，尚有其他香料，皆为吾国从来未见者，所以无须言及。

此州言之既详，但尚有言者：若自此建都骑行十日，沿途所见环墙之城村仍众，居民皆属同种，彼等可能猎取种种鸟兽。骑行些十日程毕，见一大河，名称不里郁思，建都州境止此。河中有金沙甚饶，两岸亦有肉桂树，此河流入海洋。

波光潋滟的邛海，被马可·波罗形容为大湖。（邓吉昌 摄）

《马可·波罗行纪》第116章《建都州》写到的湖，就是西昌的邛海。西昌市文管所副研究员张正宁的解读是，早在西汉，司马相如出使邛都，打通"灵关道"后，西昌就设置郡县，开始采铜铸造铜币，并开采铁矿和盐矿，成为南方丝绸之路上铜、铁、盐等资源的输出重镇和贸易集散地。

汉、唐、宋、元、明、清历代在今天的凉山一带，先后设置郡、州、司、府，以及路、卫、厅、县等。这里，汉称越嶲郡，隋唐称嶲州，南诏称建昌府。邛都，即为越嶲郡首府。嶲民们披着美丽的发辫，耕种沃土，游牧飘荡。

可考证的是，西昌一带发掘过许多汉砖和汉阙。1988年9月，西昌市文管所与四川大学联合对黄联镇东坪村的汉代冶铜铸币遗址进行发掘，发现了大量木炭、炉衬、耐火砖、风管、坩埚、铜锭、陶范、陶器、五铢钱、铜镞、铜刀、铁镭等文物。从遗存的11座冶铜炉和数十万吨矿渣来算，至少还可冶炼出2万至3万吨铜。该遗址面积达18万平方米，算得上是目前我国发现的最大冶铜铸币遗址之一，出土的五铢钱和钱范，精美规范，工艺水平极高。此与《汉书》上"邛都，南山出铜"相吻合。从那时算起，元代已经是1400多年以后了。

元世祖忽必烈曾经"元跨革囊"南攻大理，是历史上唯一足迹远至云南的皇帝。元王朝统一西南时设立行省，行省下设路、府、州、县，后又在行省和路之间设置了宣慰司。那时候，即在今凉山地区设置了罗罗斯宣慰司，隶属云南行省。

《元史·地理志》记载："至元十二年，析其地置总管府五，州二十三，建昌其一路也，设罗罗斯宣慰司以总之。"即建昌路辖建安州（今西昌）、永宁州（今西昌东郊）、隆州（今西昌南部）、泸州（今西昌西南）、礼州（今西昌北部）、里州（今普格县）、阔州（今宁南县）、邛部州（今越西、甘洛县）、姜州（今会东县境），德昌路辖昌州（今德昌北部）、德州（今德昌）、威龙州（今德昌南部和米易北部）、普济州（今米易县西北部），会川路辖武安州（今会理）、黎溪州（今会理西南部）、永昌州（今会理南）、会理州（今会东县境）、麻龙州（今米易县西南部）。以上共三路十八州，尚差两路五州。学者考证元代有关文献认为，可能是因为设置时间较短，一般只有三路十八州的记载，五路二十三州疑是罗罗斯宣慰司鼎盛时期的数字。

《马可·波罗行纪》原名《寰宇记》，共为四卷，第一卷记载东游沿途所见，以到达大都为止。第二卷记载忽必烈及其宫殿、都城、朝廷、节庆、游猎，以及自大都南行至杭州、福州等地看到的元朝风貌。第三卷介绍日本、越南、东印度、南印度和非洲东部等。第四卷记载成吉思汗后裔鞑靼宗王的战争等。每一章叙述一件史实，全书229章，书中记述的国家城市地名达100多个。

马可·波罗周游亚洲，时在1271年至1295年间。其中花费较多笔墨记述1275年至1292年在中国并为元代皇帝忽必烈汗工作的经历。

在中国工作的中期,他踏上南方丝绸之路,一行人从大都出发,经成都,沿灵关道到建都(今西昌),渡过不里郁思河(金沙江),进入哈剌章省(今云南),再西行永昌道经金齿(今保山)出行缅甸。

马可·波罗出生于威尼斯的商人家庭。1271年,他随父亲和叔叔的商队出发时,年仅17岁,经过长达4年的跋涉才抵达中国可失哈耳(今新疆喀什),后经沙州(今甘肃敦煌)沿河西走廊东行至元上都,再到大都。最后,借护送阔阔真公主远嫁波斯返回欧洲。不幸的是,他在随后威尼斯与热那亚的海战中被俘。1298年在狱中,他向来自比萨的狱友鲁斯梯谦,讲述自己奇妙的东方之旅,后者记录并加以整理成书。

书中有许多稀奇古怪的风物与事情,就像是古怪的商人笔记,满足了相当多的读者喜欢领略这个大千世界的心理。

美国汉学家史景迁研究发现:

马可波罗[①]早期的读者中,著名的要数哥伦布了,他深受波罗书中感官描写的震撼,也强烈感受到了其中隐藏的商机。现存波罗第一批印刷成书的作品,采用的是1300年代的拉丁文手稿,于1485年出版。哥伦布展开1492年的探险前,想必已熟知该书内容。

当然,史景迁也表达了他的许多疑惑:

波罗似乎不认识任何中国人,他书里的中国名字,很像阿拉伯旅行家游记中所用的名字……波罗从未提到茶叶或书法,以他居住中国十七年之久而言,这倒是匪夷所思。他也没有提到鸬鹚捕鱼法,或评论中国妇女的缠足,或谈到对长城

[①] 引用文字,为尊重原文,未改为"马可·波罗"。下同。
　　——编者注

的印象。

因为长久以来,对于马可·波罗是否真正到过中国,一直争论不休。仍然是史景迁,就在著作《大汗之国》第一章以《马可波罗的世界》为题专文讨论。他指出:

书中掺杂了待证实的事实、信手得来的资料、夸大的说法、虚伪的言词、口耳相传的故事以及不少全然的虚构。同样的情形其实发生在本书之前与之后许多作品里,但是波罗的书却与众不同,因为他是第一个宣称深入中国的西方人。

在复旦大学教授葛剑雄看来,马可·波罗的游记充满了对中国的想象和推理。如果把他的书和后来一些明朝来中国的传教士的记录对比,即可发现传教士是如实记录。当时的大都哪有那么发达?但是,马可·波罗不大可能根本没有

今天的西昌,山水城人融为一体,不可多得。(邹森 摄)

到过中国,完全根据资料来写。另一位学者,南京大学陈得芝教授干脆具体举例,指称书中南行的很多地名,都是凉山的地名。

可以断定的是,西昌作为城市诞生的历史应该追溯到汉代。尽管它实在是一个遥远的地方,一个在中国西南方向的天空下面目模糊的地区,但不难想象,马可·波罗驻足这片土地时心生的感慨。

西昌平原从不缺少精彩与妖娆——这里有灿烂的阳光、肥沃的土地、奔腾的河流、温婉的湖水——但是,她不像大平原那般张扬、恣肆、狂放,而是像一位隐居民间的小家碧玉,用勤劳、灵巧的双手塑造着简约的田园生活。

从法国走来,方苏雅与彝族祖先默默相望

何万敏

我眼前看见的是一些老照片,确切地说是照片印刷品,每张和A4纸一样大,铜版纸质,印刷算得上精良,照片上的细节都看得清晰,已经相当不易。

《彝族狩猎队》。十一个人站在一起,每个人都拿着长矛或者长枪,挤满了画面,有一种威风凛凛的气势。可以确认的长枪,有两人分别扛在肩上,但似乎,枪属于较简陋的那种;说是长矛,其实是我的推断,因为矛头都伸出了画面,只看得出长杆的部分,是竹竿。他们当中前排的六个人,全部赤脚,有四人身披羊

毛披毡；他们全部十一人中，八人头上戴有布巾盘缠成型的"英雄结"，挺拔而立，非常抢眼。照片中的人，个个面色严肃，英武堂堂。

《武士》。照片中间位置的彝族武士，一身戎装，皮质的头盔、铠甲，护膝，锋利的腰刀。过度摆拍的姿势，只见他左手紧握腰部的刀鞘，右手是挥舞抽出的长刀，佯装出击或者迎战的架势，引得后面六个和前方不知多少围观的人们，展露出难得的笑容。从武士的装束看，彝族文化的特色颇为鲜明，上面绣制了火与云彩的花纹，火是彝人的图腾，云彩是一种美好的想象。天菩萨发髻，英雄结扬起红色的幻想。

《白彝》。一个人的头像，一张过目难忘的脸。略显紧促的眉骨下，双眼炯炯有神直视前方，硬朗的颧骨衬托出鼻翼的轮廓，饱满的嘴唇微微张开，由顶光及阴影勾勒，上唇呈明确的山形，下唇则如下弦月般明亮。皮肤的质感

方苏雅1903年在凉山拍摄的《白彝》。（殷晓俊供图）

是毫无疑问的粗糙,并且带着黝黑,让人明显感到凉山高原炽烈的阳光,乃至风霜雪雨。粗布质地的头巾包裹了头发,一条细小的发辫还是不经意地从脑后右侧飘到右肩上。年代的印记一望可知。

还有一些普通中国彝族人的神情,清晰地在印刷品上焕发着精神。这些图片除标题以外,均标明拍摄年份,同时在每一张的左上方,都有红色印铃"方苏雅"及"版权所有,严禁翻制"的字样。

多数时候,历史是泛黄纸页上带着书写者主观意识的文字,即使是那些落满尘埃的考古物件,也令研究者颇费周章辨析理会,惟有沉积时间重量的图片,穿越来与后人不期而遇打个照面那一刻,即时的现场气氛直接引人进入浩瀚的历史时空当中,产生无可名状的"遇见"甚至"相望"的化学反应。是的,"一切照片都有一种固有的倾向,就是把价值赋予被拍摄对象,而这种倾向是绝不可能抑制的"。苏珊·桑塔格《论摄影》强调的摄影的价值,显然经过漫长历史的淘洗,愈加呈现价值的分量。

这个中文名叫方苏雅的人,本名奥古斯特·弗朗索瓦(Auguste Francois)。1857年8月20日出生于法国洛林地区一个呢绒商的殷实家庭。他15岁中学毕业时,父母死于肺病和伤寒而成为孤儿。中学毕业,他参军入伍。由于所

身着龙袍的方苏雅（1900年）。曾有人怀疑方苏雅穿的只是一件戏袍，但这确实是安南（今越南）皇帝的龙袍（现存于巴黎人类博物馆），样式与中国的很接近。从普通照片的角度来说这不算一个好创意，因为尽管方苏雅一向认为他的胡子能"增添威严"，但在这张照片里增添的却是喜剧性，用他的话来说，也许是"如果在马戏团里出现准会获得疯狂的喝彩"。（殷晓俊供图）

在部队政变失败，改学法律。1880年省长比胡把他收为义子并把他引荐到外交部工作。1895年12月23日，任法国驻龙州（今广西龙州）领事。在龙州时，他认识了中国朋友苏元春，后者按发音给他取了个中文名字"方苏雅"。他从此沿用此名，还刻了一方印。1899年10月，方苏雅来到昆明，任驻云南府（昆明）名誉总领事兼任法国驻云南铁路委员会代表。这一年，他42岁。

经过漫长的旅程，历时11个月，方苏雅到达昆明。他的行李，包括七支步枪，七部照相机和大量玻璃底片，四支手枪，三部中国阴历通书，三个秒表，一个晴雨表，四个温度计，五个指南针，一个照准仪和最长1.6米的几架双筒望远镜。如前所述，法国政府给他的职务是法国外交部派驻云南府的总领事，事实上，在华美的"外交官"身份后面，他的重要使命却是督办滇越铁路在中国云南的修筑事宜、协调与中国政府的关系、考察滇越铁路线路。

在一本《黑镜头：昆明晚清绝照》的书中，作者这样介绍：方苏雅喜欢摄影、游历、考察，曾游历贵州的安顺、贵阳等地，并涉足险峻难行的茶马古道，还由昆明经楚雄，从元谋沿金沙江而上，进入大小凉山，穿泸定桥至康定，再至川藏交界处，拍摄了沿途见闻，当地的彝族和藏族，以及人背马驮茶叶、马帮等照片，写了大批日记。他游历时，准备了12只箩筐来运玻璃底片，还要用油纸沾上牛血来包装，以防雨淋湿。旅途中，他总是随身带着地理工具，如六分仪、圆规、气压计、指南针。遇上崎岖的道路，他认真作文字记录，并在纸上画路线图。他认为画图、绘地形、拍照三者互不妨碍，且还相得益彰。方苏雅喜欢中国的街道，认为那是中国人生活的舞台，穿着干净、打着太阳伞的官员，形形色色的商人、小工匠，肮脏的乞丐等都出现在这里，有时还在那里进行审判，在公共场所执行死刑、检阅军队和招募民兵。这些，方苏雅都进行了分类拍摄。

看起来，方苏雅好像爱上了自己的工作，以河口到昆明一线，开始与他的同事们一起调查各地的地质、水文、降雨量、人口、贸易、

方苏雅用过的带皮腔的相机。类似相机方苏雅带了7部到中国，此外还从电影发明者、法国人卢米埃尔兄弟手中借走电影摄像机一台，在中国拍下了长达31分钟的无声电影胶片。（殷晓俊供图）

民族、民俗等等。他疯狂地一路拍照，几乎把他的照相机发挥到了极致。而眼前的一切，无一例外地令他着迷，通通进入了他的镜头。

从1899年至1904年的五年期间，他行走于云南及周边的山川湖泊、城镇乡村、街道建筑、寺庙道观，不厌其烦地与上至总督巡抚下至贩夫走卒、乞丐犯人各色人等接触，经历了发生在这里的重大或日常事件。更重要的是，他还将目光所及的一切尽量地凝固在了他拍下的照片里，以至他到底在中国拍摄了多少照片，我们无从统计得出数据。

让我感到遗憾的是，即使在搜索与查询非常便捷的今天，有关方苏雅深入凉山腹地的目的、具体的行走线路、到过什么地方、待过多长时间等等细节，尚不得而知。我只知道他到凉山的确切时间是1903年，当然也知道他拍摄的彝族照片，后来被凉山收藏所发生的故事。

1900年3月,义和团运动已在全国声势浩大。方苏雅以自卫为名,携四十余驮军械至昆明,被南关厘金局扣压。方苏雅亲率数十人以武力威胁将枪弹抢回。昆明民众义愤填膺,包围领事府,捣毁了部分天主教堂。这便是著名的"昆明教案"。方苏雅和32名法国人在云贵总督丁振铎的保护下全数撤离。撤离途中,他的车队被袭击,装在箱子中的日记和所有的玻璃底片荡然无存。幸运的是这之前,他已洗印出一些照片。

方苏雅任满回国后,与妻子马尔芒住到乡间,在一座名叫"小中国"的庭院里隐居,直至1935年病逝。他没有儿女,留给夫人的是装在一个紫檀木箱里一批他收藏的中国物品和110幅玻璃底片以及上千张照片。这些照片在他回国后本应上交法国政府,但由于与政府的积怨和对中国的感情,他把这些绝版照片隐藏

方苏雅与埃莲娜·马尔芒女士。他们在1904年方苏雅任满回国后结婚,埃莲娜·马尔芒比方苏雅年轻20多岁,更多活了整整半个世纪,但始终对方苏雅保持着怀念和几乎是宗教式的崇敬。(殷晓俊供图)

了下来,秘不示人。这一放就是大半个世纪。1985年,年事已高的马尔芒女士将这些遗物分成四类,分别赠送给四个国家博物馆。但是遵照丈夫的遗嘱,她没有把已制作出的照片和16毫米31分钟的纪录片送出去。

直至生命的最后一刻,方苏雅可能都不会

想到，这些照片百年后将成为亚洲最早、最完整地记录一个国家、一个地区社会概貌的纪实性图片；在他于1904年面对"变得如此熟悉"的景象无限伤感地说"永别了，云南府"时，可能也不会料到，这些照片有一天会被一个中国青年万里迢迢地带回故土。

1989年，由110幅玻璃底片制作出的照片开始了在欧洲的巡回展出，引起轰动。根据部分照片、书信整理的画册《领事的眼光》随即出版，书中共刊载140幅照片，是有关中国云南及周边地区的。1996年6月，一位自称是方苏雅侄子的七旬法国老人赛都，携带着那本画册和方苏雅在云南拍摄的其中80幅照片，远道而来云南昆明，寻访叔叔曾经走过的足迹。

机缘巧合，殷晓俊和时任昆明金龙百货公司董事长罗庆昌，次年耗资百万元人民币，购得照片的翻拍及在中国的使用权。起初，赛都只答应让他们翻拍250张照片，在殷晓俊一再要求下加到600张，实际上最终翻拍的照片有1200张之多。

1997年12月5日名为《云南沧桑话百年》的图片展，展出200幅老照片，引起巨大轰动。此后，展事易名为《世纪回首》，365幅画面较大、制作精美的图片，分为"殖民者与晚清封建社会""晚清社会生活百态"和"中国建筑与宗教"三部分，陆续在北京、重庆、成都、西安、郑州等地展出，给人强烈的视觉冲击和极大的心灵震撼。

照片能留住历史的真实，因为它具有不可替代和不容篡改的独立的形象语言。令人遗憾的是，在阐述历史的时候，照片的独立语言常得不到应有的尊重，它不过是某种历史结论的旁证。然而，方苏雅这批百年老照片的发现却证实了，照片蕴含的画面应有、传递的信息，远不是几条简单的历史结论所能涵盖的，历史只有正视形象直观的画面，才能鲜活生动起来。

目前所知，方苏雅所拍的照片当中，有51张是1903年在大凉山拍摄的。同样的机缘，时任凉山州文联副主席俾伍拉且，在北京与殷晓俊一见如故、相谈甚欢。他们的共识是，凉山理应是有关凉山历史照片的合适的归属地。如今，有关凉山的这些老照片就有一套收藏在位于西昌泸山的凉山彝族奴隶社会博物馆，让更多的人有了和彝族的祖先默默相望的时刻。

大地恩赐西昌,造就"袖珍天府"

何万敏

史书记载,今天的西昌,是南方丝绸之路上的重镇。

《史记·司马相如列传》形象地描述了司马相如和汉武帝的谈话:"司马长卿便略定西夷,邛、筰、冉駹、斯榆之君皆请为内臣。除边关,关益斥,西至沫、若水,南至牂柯为徼,通零关道,桥孙水以通邛都。还报天子,天子大说。"这是说,邛都(西昌)、筰都(沈黎)、冉駹(汉嘉)这一条路线,秦时曾经设置过郡县,道路也曾沟通,是秦末农民起义后,群雄割据时无人过问,这才放弃的,现在要恢复它,比通南夷容易。后来,司马相如出使西南夷,汉武帝在邛都设置了越嶲郡，辖十五县，属益州。

西昌作为城市诞生的历史，确切地说就从西汉元鼎六年（前111年）开始了。

具有两千多年历史的古城西昌，被称之为"土城"的旧迹，就是汉代邛都故城遗址。在西昌东南高枧，曾发现过许多汉砖和汉阙，有一汉砖上有"元初三年"字样。到隋唐称嶲州，南诏称建昌府，元称罗罗斯宣慰司，明为四川行都司，清为宁远府，民国称宁属。

古人有远见，看重的是这里的富庶。那个时候的他们，显然更懂得如何靠天吃饭。

尽管"天府"一词最早见于《周礼》，本是一种官名，但后来在历代文人学者笔下，"天府之国"逐渐变成了四川盆地的代名词，终成为家喻户晓的一则地理常识。

2008年，《中国国家地理》评选"十大新天府"。西昌平原，被资深评选专家学者誉为

"袖珍天府"：在人们的传统视野里，天府应该是那些有着巨大人口承载力和富饶物产的大型平原，比如成都平原和关中平原。事实上，一些小平原也同样拥有丰富的物产和美景，像四川西昌平原、云南丽江坝子、大理坝子和海南万泉河流域，它们更能体现我们所追求的精致生活，难道不能称作"袖珍天府"吗？

专家的眼光独到，称西昌平原"不乏精彩与妖娆"——有同样的阳光、同样的流水、同样富饶的土地和同样丰富的物产，甚至还有同样悠久的历史和人文——就像民间隐藏的小家碧玉一样，西昌完全就是精致生活的福地。

前面说到的西昌平原，事实上是安宁河谷平原的中心地带。安宁河，古称"孙水"，尽管也有过洪水泛滥的时候，但在久远的岁月里，安宁河是一条宁静温婉的河。它发源于蜀山之王贡嘎山南麓的冕宁县北部山区，全长351公

西昌平原是安宁河谷平原的中心地带。

里,长麻吊线地流到了攀枝花,在那里与雅砻江短暂汇合后汇入金沙江。凉山州境内的安宁河谷,在以西昌为中心的中游地区,形成了开阔的谷地,这些谷地最窄处几公里,最宽处达20公里,面积7000多平方公里,这就是安宁河谷平原,是仅次于成都平原的四川第二大平原、川西南唯一最大河谷平原。换句话说,正

邛海是四川省面积第二大湖泊。

是奔流不息的安宁河水,给予了安宁河谷平原的人们以哺育和洗礼,应验了一方水土养育一方儿女的不老箴言。

有了这样一条鲜活的流水还不稀奇,哪一个城市不喜欢挨着河流呢,关键是就在西昌城的旁边,天赐一汪硕大而清澈的湖泊叫邛海,水域面积有32平方公里,相当于5个杭州西湖那么大，而资料记载20世纪30年代的邛海面积为42平方公里，所以我们经常会听到西昌人自豪地对朋友说，邛海比西湖大多了！大是一方面，邛海的水质也让当地居民引以为豪，因为西昌供排水公司有一处取水，是直接从邛海而来供应给城市居民饮用的。

造物主的鬼斧神工所塑造的大地、山川、江河、湖泊，其实令人类科技文明和文化文明之外的一切奇思妙想都相形见绌，只要你行走的地方越多，看见过的山川风物越多，体会就会越深。你看，恰恰就是在邛海湖畔，恰恰就是在西昌城边，海拔2317米的泸山，树木成林，郁郁葱葱，松涛滚滚，众鸟啁啾，与邛海相呼应，共同为渐次扩张的城市发挥双肺的功能，长年累月地调节高原山地干燥的气候，吐故纳新，与灿烂阳光和河谷风带一道共同给予西昌城冬暖夏凉。"一座春天栖息的城市"作为

山水城相依,人与自然和谐相处。

西昌的城市口号,与其说是对外产生某种效应的宣传策略,还不如说本身就是这个城市的内在品质和科学发展定位。

安宁河流经西昌市境内长85.6公里,流经18个乡镇,流域面积2460平方公里,两岸有耕地20.31万亩,历史上就是四川最著名的粮仓之一。由于平原两侧均为突起的山脉,河谷干热，全年日照时间长达 2600 小时，冬无严寒夏无酷暑的气候特点，再加上安宁河和邛海丰富的水资源，这里简直成了农业资源最独特、最丰富、最具优势和开发潜力的地区，适宜农耕，就意味着适宜人居。单是蔬菜，西昌平原现在种植的就有 100 多种，当四川其他地区及周边省份还处于严寒笼罩之中，田野里的蔬菜还是尖尖小苗时，西昌平原出产的蒜薹、胡豆、番茄、青椒、春笋等已经带着春天的气息冲州撞府。至于荞麦和土豆、玉米和水稻等诸多粮食作物，其产量长期以来居于四川领先地位。与粮食和蔬菜竞相生长的则是花卉，从春天到冬天，一年四季都有开不完的鲜花，无论你什么时候来到西昌，首先映入眼帘的，总是各种各样的花朵。

花期最长的三角梅，一簇接着一簇绽放艳丽的花朵，可以盛开好几个月，开得红红火火的；算不得名花，而且还贱，用手去折下枝来，插进湿润的土里并注意保持一定湿度，埋藏泥土里的枝茎便生出根须来，上面的枝干慢慢发叶开花，这样随便地繁衍一气，西昌的园林、绿地、大街小巷、高楼住户的防盗栏铁笼子里，到处是红艳艳的三角梅一点不稀奇。倒是成都人来西昌很容易被红艳艳的三角梅惹红了眼，他们不辞辛劳，连花带盆地把三角梅请回成都，活还是容易活，只是不怎么开花，甚至有些干脆只是长绿油油的叶子整死不开花，问题就出在成都缺少阳光的照射。三角梅的红色、紫色、黄色、白色，其实都是西昌高原强烈的阳光打扮出来的颜色，太阳辣，阳光凶，光照强，叶子晒得打卷卷了，花朵正抖擞精神妖冶迷人。

毫无疑问，"天府"首先必备的要素是"自然条件优越，物产富庶丰饶"，但是，从农耕文明发展到今天，人们在充分享受经济高速增长带来的物质膨化时,反而"时空倒转"开始追求田园牧歌似的"世外桃源",人们苦心寻找的生活方式,用现在的流行语叫"幸福指数"。

所以我觉得"幸福指数"的较高体现,实际上就是以简单的生活、内心的愉悦追求"天人合一"的东方境界。

西昌北接蜀地,南通滇黔,物产丰富,道路虽然崎岖不便,却是四川通往西南边疆的重要通道,为历代政治家、军事家、经济学家所瞩目。

在古南方丝绸之路上,西昌成为重镇。"清风雅雨建昌月",说的就是三个重镇:清溪关风大,雅安城雨多,西昌城月明。古南方丝绸之路以四川成都为起点,向南分为东西两条主道,即"西夷道"和"南夷道"。

西夷道出成都南门万里桥后,经邛崃、雅安、荥经翻越大相岭而至汉源。历大渡河、穿清溪关后进入今凉山彝族自治州境,顺安宁河谷南下至西昌,再沿河而下翻越川滇交界的方山后直达大理,其大部路段与今天的川滇公路西路相重合。

那时的行走,全凭马帮和人的脚力。可以想象,有了这一条古道,有了南来北往走动的人群,西昌这座古城也就有了许多生机和活力。每一处盆地所在,都形成了一些或大或小的聚居区;穿过高山峡谷,眼前豁然开朗,会发现西昌是安宁河流域串珠状盆地中最大也是最重要的一块盆地。许多人跋涉了千山万水抵达西昌,被金色的黄昏所震撼。如果从城东南约一公里的大坟堆村古邛都县遗址的土台上瞭望,可见到邛都向东南延展,海滨村落散建在低平的水边沃土之上。古邛海的范围肯定要更大一些,入夜,几星渔火,万顷波鳞,令人不饮而醉。但它实在是一个遥远的地方。

后来，人类学家费孝通也站上山头，放眼眺望。层叠的山脉由深渐浅的颜色铺排开去，近处的松林在凉山灿烂的阳光下苍翠欲滴；拉开夹克外套的拉链，白色的衬衣迎来一阵乡野的微风。已是 80 岁高龄的费老，精神矍铄，眯起了双眼，内心浮起的依然是对"乡土中国"的热爱之情。这是 1991 年 6 月的凉山。集社会学家、人类学家与民族学家于一身的费孝通先生，此行之后提笔写下长文《凉山行》，提出开发大西南思路，回应着他十余年来有关"藏彝走廊"渐行渐近的种种探索与发现。

从中学学习地理课起，我们就知道了中国地形的总体构造为西高东低，故大多数江河依势自西向东奔流不息。但在东经 95 度至 105 度之间，却有岷江、大渡河、雅砻江、金沙江、澜沧江、怒江等六条大江及其众多支流并肩自北向南奔流而下，一泻千里。湍急的水流将青藏高原东南缘的西藏东部、川西北高地和云贵高原西部一带，纵切出一条条深谷和南北走向的山脉，这一独特的地理单元，就是闻名遐迩的横断山高山峡谷地带，也是地理学上通常所称的横断山脉地区。

"藏彝走廊"大体就是在这样一个区域。这里就是藏缅语族诸部南下和壮侗、苗瑶语族诸部北上的交通要道。藏、彝、羌、怒、白、傈僳、普米、独龙、哈尼、纳西、阿昌、景颇、拉祜等数十个少数民族部落在这里世代繁衍、交往、迁徙，为后人留下大量古老文化信息，日积月累形成了一条特殊的历史文化沉积带。

在这条悠远漫长的走廊上，四川的藏彝民族片区，是目前我国民族文化保留完好、历史积淀丰富但同时又留下太多疑问的地区，是古代北方草原文化、南边"百越文化"与巴蜀文化的相遇要塞，是"神秘的文化宝库"。走廊很大一部分至今仍然以原生形态活着。譬如，泸沽湖畔的摩梭人和鲜水河流域的藏族族群扎巴人中，至今还较为完整地保留着母系社会形态；北端的高原，不仅保留着藏传佛教现存的所有教派，而且还存在着西藏地区已完全消失的觉囊派，甚至藏传佛教传入以前最古老的本教也在这里较好地保存着；南端的纳西族中，俄亚大村蜂窝式建筑令人叹为观止的图景中，仍然保留着迄今为止世界上形态最原始的"东巴文"象形文字系统。缤纷各异的民族文化，会把今人引入斑斓的文化迷宫的。

追寻着先人的足迹，"藏彝走廊"概念提出20年后，费孝通先生还惦记着："六江流域天然的河谷通道，民族种类繁多，支系复杂，相互之间密切接触和交融。对这条走廊展开文献和实地田野考察，民族学、人类学、民族史学家能看到民族之间文化交流的历史和这一历史的结晶,从而对'中华民族多元一体格局'有一个比较生动的认识。"他告诫,"对走廊的考察研究,有助于我们从特定地区内部认识'和而不同'的民族文化接触历史与现状,担当'文化自觉'的历史使命"。

凉山古道成了藏彝走廊上的重要一段。只是许多文化事象至今未见公论,许多谜团尚存于史籍的空白处、泥土的掩藏下——光阴通过走廊,但未完全打开。

大凉山,俄国人顾彼得初识"彝人首领"

何万敏

三月中旬先是到越西县采访,月底又有机会去汉源县参加一个评稿会,我都把俄国人顾彼得(Pote Gullart)的书《彝人首领》带上。我怀揣着讲述一个外国人前路迷茫、处境艰难的故事踏上寻访之路,尽管故事有些久远了,我也并不奢望能在旅途中还能找到什么关于他的蛛丝马迹,倒是期望看一看交织着已如传奇

顾彼得所著《彝人首领》中译本,2004年由四川文艺出版社出版。

故事的风景有什么异样。

顾彼得1901年生于莫斯科一个贵族家庭。两岁时丧父,自幼接受私塾教育,青少年时代在莫斯科和巴黎度过。父亲和祖父是有名的商人,他们的马队曾经远至杭州采购中国的茶叶和丝绸。无数个漫长的冬夜,他在听外婆讲述父亲到神秘东方旅行的故事中度过。外婆的家里就有东方旅行者带回来的画着中国仕女的旧茶叶盒子、中国西藏的毯子、蒙古的茶具,以及萨满教的鼓和笛子。1917年布尔什维克革命期间,他与母亲一起离开俄国,历经艰难流落到了上海,并在中国定居下来。1939年9月,他从上海绕道香港、海防、昆明、重庆,来到当时的西康省打箭炉(今康定)。

也是在这一年,顾彼得加入中国工业合作社,实现了他游历中国西部的梦想。"中国工业合作社"是一个国际援华组织,理事长是国民政府财政部长孔祥熙,其他领导人有宋庆龄和路易·艾黎等人。合作社的宗旨是帮助边地民族建立工业合作社,以开发本土。那一年,顾彼得带着西康省会康定航空站站长的任命书到了打箭炉,但两年后,他的尝试灾难性地失败了。

1941年,顾彼得重新被任命为云南丽江航空站站长。这是他执着坚持的结果,但出发的时候,他还是失望地发现,除了他的厨师老王以外,没有任何助手和向导愿意陪他到丽江去工作。许多人以为,只有像他这样的疯子才会选择这样的地方。然而,顾彼得成功地融入了丽江的生活,而且过得左右逢源。他认为,这应归功于他在中国20年的生活经历,得益于西湖一座道家古刹里师父给他的忠告,以及打箭炉失败的教训,他具备了与东方人打交道的第六感。在丽江的九年,成为他生命之中的美好时光。而他也被后来的人们诗意地描述为"被

顾彼得

遗忘的王国"里的追梦人。

顾彼得早在初到西康时,就有了前往大凉山探访独立的彝人王国的想法。有一天在资深传教士坎林汉姆家,听说在打箭炉以南的那些山脉背后,居住着"最强大也是最神秘的民族彝族"时,不禁一下子叫了起来:"是彝人呀!……我在《三国演义》和中国西部的史书中读到过有关彝族的内容,没想到的是,他们居然会离得这么近!"这时候,一个大胆的想法左右了他的身心:如果能够成功地穿越这块尚未被外界所知晓的地区,能够结交一些神秘的彝人朋友,那将是一件多么奇妙的事情啊!

他焦急等待着。直到有一天,他在打箭炉的集市上遇到了一位卖鸡的、自称是来自彝区且与彝人部落有很深交情的汉族青年李志召,事情才终于有了眉目。顾彼得在他的著作《彝人首领》(Princes of the Black Bone: Life in the Tibetan Borderland, 1959)中,有精彩描述:

"你是不是彝人?"我直截了当地问道。但他既没肯定也没否认,我继续问有关彝人的一些问题,他很聪明地回答了我的问题,给我描述彝人的生活和习俗。一起步行回城后,我请他吃了一顿饭。"你叫什么名字?"我问他。"李志召。"

他答道。"但这不是一个彝人的名字。"我反驳道。他格格地笑了,嘲弄般地盯着我说道:"是谁说我是一个彝人来着?"然后他又加了一句,"我是一个汉人。"……李志召笑容可掬地说道,"两星期后我一定会回来,到那时我不但要带你去我们家,如果你够胆的话,我还要带你去彝人住的地方。"

被顾彼得称为"半个彝族朋友"的李志召,家住在今汉源县富庄镇境内的一个山谷里,他的父亲是当地袍哥的秘密眼线,跟深山里的彝人也很有交情。顾彼得先是拜访了李志召一家和四周的邻居,逗留了几天之后,在李志召父亲的指点下,他放弃了那条看起来只有一山之隔,却艰险陡峻、豹子出没的道路,而是在李志召的陪同下来到富林镇,从黑马一线绕道进入野沙坪高地的彝人村寨。正是在富林,他们认识了当地驻军首领羊司令。羊司令对彝人颇为友善，还收留了被军阀杀害的一个彝族土司的儿子岭光电，把他当养子，送到南京的中央军校深造。岭光电子承父业，成了彝族土司。通过岭光电，顾彼得得以去土司的"官署"所在地田坝，又从那里穿过彝族聚居地到西昌。作为一个西方人，顾彼得完成了他穿过彝区的"探险之旅"。

初识"彝人首领"，顾彼得几乎不敢相信自己的眼睛。他十分欣赏，大为称赞：

岭光电中等身材，装束同昨晚一样，身着剪裁得体的纯毛呢咔叽的中国军队制服，磨得锃亮的皮带上挂着一支大毛瑟手枪，脚蹬一双闪亮的高筒皮靴，头上剃着军队式的小平头。但他与中国军官们的相似之处仅此而已，他瘦长结实的运动员身材使人马上联想到彝人。他大概有三十多岁，相貌堂堂，他的脸色不是那种黝黑的类型，而是令人愉快的巧克力颜色，宽阔的下巴颇有坚决果敢之意,他有一张很感性的嘴和完美皓白的牙齿,又大又黑的眼睛灵活闪烁……当他倾身同我说话的时候,脸上闪耀着迷人的微笑,眼睛变得很柔和……

岭光电,其实是这位彝人首领的汉族名字,他的同胞则称他为"兹莫慕理",即慕理土司。慕理土司属于岭氏家支的一支,在当地最有势力。此时的岭光电,身兼羊仁安司令委任的

"彝人首领"岭光电,相貌堂堂。

"彝务大队长"和慕理土司的双重身份。正因为身份的特殊性,他才在自己的领地内成功地进行了一系列改革:设立医院、开办教育、提倡新风、禁食鸦片、限制酗酒、鼓励农耕,并

曾亲自把现代教科书翻译成彝文，率先致力于对年轻彝人的现代教育和培养。他与表兄曲木藏尧这位西康南部最显赫的曲木家支的继承人，同时毕业于南京中央军校。这两位年轻的彝人首领深知，古老的彝人要在这变幻无常的时代生存下去，就一定要实行现代化。

同样，顾彼得第一次见到曲木藏尧时，依然感到惊讶：

像慕理土司一样，当曲木藏尧走进来时，他的外貌使我十分吃惊，与我原来想像中的完全不一样。我的面前站着一个三十出头的青年男子，他打扮得很得体，显得很殷勤和有教养，他穿了一套式样很新潮的西服，另外还配有昂贵的衬衫和领带。他热情地用很棒的英语问候我，然后我们开始用法语交谈，时不时又用另外一种语言交谈。当仆人来端茶时，他把我引荐给他的亲戚们，三位长者中有一位穿着汉式的长袍。唯一能暗示我是与一位彝族贵族打交道的是——曲木土司瘦长的身材，鹰钩鼻子还有炯炯有神的大眼睛。

而对顾彼得来说，他希望的是看到彝人和彝族生活的"真相"。在曲木藏尧的介绍下，顾彼得有了去真正的彝人家里做客的机会。那是曲木藏尧的姨妈家，一个黑彝贵族大家庭。一个西方人，一个彝族贵妇人，便有了一个有趣的两种文化对话的机会。

曲木土司与顾彼得组成了一支"豪华"的队伍出发了。在他们穿过越西城时，围观的人群形成了颇为壮观的场面。他们要去的是居住在深山里的曲木土司的姨妈家，她的丈夫在这一带势力很大，是这个家支的头人。

曲木夫人是一位威严而端庄的老妇人，在第一次这么近距离观察彝族女性的顾彼得眼里，她虽然衣着朴素、光着脚，却浑身散发出一种令人肃然起敬的帝王气质。顾彼得发自内心的恭敬与仰慕,令这位黑彝老妇人面色和蔼,笑容可掬;而当他随后献上一卷卷最好的丝线、一轴轴洁白的棉纱和一块块精制的肥皂时,这位高贵的夫人感到无比快乐,口里不断地重复说:"真是太多了!太好了!我只是一个老太婆,真是担当不起啊!"

顾彼得为了表示对这次会见的郑重,穿着西装,打着领带:

年老的夫人对我的西装很感兴趣,她承认我是她所见到的第一个欧洲人。她特别夸奖了我深红色的笨重的领带,并问我为什么要在脖子上系这么一根小布条。我解释道,所有穿着正规的外国人都会戴着这根领带,对于我来说,如果我的衣着打扮不适合这种场合,我是不会擅自来拜访她的。听了这些恭维至极的话,她表示赞许地点了好几次头。

"我明白了，"她说，"我现在很明白了。"她又重复道，用手朝坐在对面的侄子指了指。

"你看他戴着的那个琥珀做的大耳环，"她继续说道，"一个高贵的彝人，不管他的衣服怎样的好，如果没有这样一个耳环，那他的打扮就不得体。"她格格笑道，"这跟你戴的这根领带是一回事嘛。"于是我们又喝了一口酒。

当晚，这个高贵的家族为顾彼得举行了一场盛大的欢宴。宴会上，顾彼得赢得了这一族人的极大信任，而他也尽量多地向曲木夫人询问自己想了解的东西。

后来，顾彼得还从泸沽镇到西昌。他随心所欲地游荡在田园牧歌般的大凉山上。他写道，"这就像在梦中一样，我现在已经不愿意到西昌，而打箭炉就更不用说了，我希望我们能够一直像这样永远永远地游逛下去，从一个美丽的山谷到另外一个美丽的山谷，在一个亲切的、宁静的和友好的小村子里过夜,或者在夏日山间温馨芬芳的山风轻拂下,从一个彝人的寨子到另外一个彝人的寨子"。

横断山深处,马帮铃声摇醒清晨

何万敏

依吉的夜晚,仿佛来得很早,在乡政府食堂吃过晚饭时天已黑尽;依吉的早晨,仿佛也来得很早,我还躺在床上,树梢的鸟群已啁啾一片,屋外马铃叮当。

我知道,这就是即将和我们一道上路,从凉山木里到甘孜稻城徒步香格里拉的马帮。

马帮,一提到这个响当当的名词,就会令人有一种莫名的兴奋和向往。在过去,藏族聚居区的道路无一例外全靠马帮、牦牛帮连接起来,因为这些地方山高路陡的特殊地理环境,骡马和牦牛,以及行走的人,是驮运货物、原住地人们与外界交流的唯一可行方式。那条同

山间铃响马帮来。

样有名的茶马古道,正是这样由来往马帮一步一步踩踏出来的。而据说,我们所要走的从瓦厂,经屋脚、依吉、俄亚、宁朗、水洛到稻城的山路,正是当年茶马古道的一条支线。

现在,在木里藏族自治县的崇山峻岭中,许多地方仍然交通极为不便,因而仍然可以看到马帮组成一条曲线逶迤盘桓在山路上。马帮们那种长期在崎岖险峻的山间行走、在荒野溪边的风餐露宿，赋予了他们浪漫而传奇的色彩。

"叔叔，来，这匹是你骑的骡子，名叫降木。"我刚整理好沉重的背包和摄影包，一个小伙子牵着一匹骡马过来，把缰绳交到我手上，要我和降木先熟悉。然后他使劲提起我的背包，紧紧拴挂在另一匹骡马背上。"降木会很听话的，你不要怕，一路上还有我管着它。我叫才仁多吉，你就叫我多吉吧。"才仁多吉见我谨慎的样子，用话语来让我放心。

但是说实话，我一点也放心不下来。在我以往的经历中，骑马玩耍偶尔有过几次，这次一走就是上十天，这么长时间又是翻山越岭，行不行？再看看才仁多吉，个子和我差不多，一米七的个头，除了皮肤比我黑、头发是自然卷的以外，身体也与我一样，比较单薄，肌肉算不上结实。

在藏族聚居区，人们习惯于将赶马人叫"马脚子"。木里的马脚子们大多数是本地农牧民，为生计才走上赶马的路。赶马人一般一人负责数匹骡马，几个赶马人在一起就结成了马帮。我们这一行有7个赶马人，共22匹骡马。马帮结队行走在山道上，远远望去，颇为生动壮观。

上了路，我才知道自己是小看了才仁多吉。

才仁多吉那一年刚18岁，青春洋溢、幽默风趣。别看他年纪小，13岁就开始跟着亲戚家当哥的跑马帮了。4年多来，他送过许多慕名来木里游历的客人，他们中以国内旅行者居多，也有远来自美国、加拿大、澳大利亚等地的外国人。

"有一次，我们送4个女教师和7个男教师去俄亚，他们都是木里本地人，是从学校毕业后分去当教师的。在翻一座大山时，有一位戴眼镜的女教师哭了起来。我看到她好可怜啊！

他们都是才分配去工作的,还没有拿到工资,嗨,弄得我都不忍心收他们的钱。"才仁多吉的马帮生涯中有太多的故事,他随便从记忆中拈出两件说道,"当然也有富裕的,有一个美国游客,我看见他拉开皮包,嚯,崭新的钱有两根手指那么厚,全是美元。但他钱再多,我还是按规矩收钱,他挣的也是血汗钱嘛!"

木里的高山流水养育了藏族群众的淳朴与诚实。在依吉乡雨初村依吉组的家中,才仁多吉排行老幺,"是被罚了500元钱超生的儿子,前面三个都是姐姐嘛"。他介绍,现在大姐在家务农;二姐在西昌打工,好像也挣不了几块钱;三姐嫁到县城附近当农民了。

只有小学文化的才仁多吉,普通话说得比较好,交流也还流畅,"都是看电视学来的",我们说四川话反而让他有些听不懂了。他还会说两句英语,一句是"I LOVE YOU",另一句则是骂人的了。

我的坐骑"降木",在藏语中为黑色之意。而每一匹骡马都有它自己的名字,主人取名时,大多是根据它的颜色。比如常听到的,"花弥",意为身上是黑色,嘴上有点白色;"阿里",是全黑的骡马;"尔该",像白色的布一样。这样叫来唤去,时间长了,骡马都知道主人是在唤谁了。

顺便要提的是,在马帮运输中其实大多使用骡子而非马。因为骡子不仅比马能驮更重的分量,而且耐力要好得多,食量相反却少许多。这对长途跋涉、缺粮少食的马帮尤其重要。

有马帮随行,人却不是任何时候都可骑行的。上坡能骑,下坡尤其是下大坡,赶马人都会出于安全考虑,不让再骑。骑马也有讲究,上坡时骑者身向前倾,略弓背;下坡身子则往后仰。初骑时脚蹬放在脚底前端,熟练后脚蹬在中间。"骑马最好要自然,不要硬撑着腰,"才仁多吉提醒着,"不然,一天骑下来就腰酸背痛,像小娃儿一样,不会走路了"。

路途是那么漫长险恶,路途上的一切又都是未知数。路上的赶马人无法向家里传递半点音讯,更不知道有什么在前头等着自己。从出发开始,家里人有了一段又一段长时间难耐的担忧和等待。山间马帮的铜铃声,于是牵动着多少人的心弦。

依吉,在四川境内横断山脉深处,是木里藏族自治县的一个偏远乡。

木里县境内有太阳、宁朗、贡嘎三大山脉,山脉峡谷中的雅砻江、理塘河、冲天河奔流激荡,蜿蜒曲折,与山势平行南北纵贯全境,把境内土地切割成四大块。境内最高处夏诺多吉峰,海拔5958米,与海拔1470米的最低处俄亚纳西族乡,相对高差4488米。

大山，无疑是一种阻隔，绕山的道路艰险万状，却承载了沟通的愿望。

出门在外，荒原野岭，马帮像一支训练有素、组织严密的军队，赶马人各司其职，按部就班，兢兢业业，每天从早到晚，都井然有序地行动。

每一队马帮中，都有一名俗称为"锅头"的首领，我们则亲切地叫他"马队长"。马锅头既是经营者、赶马人的雇主，又是马帮运输的直接参与者。一路上，他要负责全队人马的业务、开支及安全等等。

26岁的藏族小伙边马扎西是我们此行的马队长。他曾在山东济南当过三年坦克兵，1996年底退伍回乡务农。在家里他排行老幺，却比两个哥哥都有钱，原因正在于他赶马帮，每年能挣到2000元的收入。来往方便，他还在家里开有一个小商店，只是买东西的人实在太少，

"马队长"边马扎西经营马帮井井有条。

有时一个月还卖不到 30 元,所以到农忙,干脆关门。边马扎西见过世面,人又实在,我们这队 22 匹骡马组成的马帮,在他和六名伙伴的照料下,秩序井然,结队前行。

"包谷籽好比肉,草料就是蔬菜,都缺不得。"边马扎西在向我解释为什么非要宿营在半山的草甸地时,这样说。我们一行为了拍摄照片几次要求在途中的村寨扎营,这让他们感到苦恼。有一天我们在哈地村小学的场坝夜宿,附近都是藏族群众的庄稼地,他们只得把马放到远处,结果第二天一早就得去唤马归队,花了一个多小时。

边马扎西还说:"许多时候,马主人早晨喝过三开茶,就会把茶和了粮食来喂马,马看在眼里,不停地摇头打嚏,以示感谢。日子久了,主人与马之间就有了感情的沟通。"漫长的路上,人与马成了相依为命的好伙伴。

一路上,我看到成群结队的马帮行进在静默的大山与密林中,能听到清脆的铜铃悠扬地回荡;我从马帮们在河谷山脚烧起的炊烟里嗅到酥油茶的浓香;我更能从中感悟到人类为了生存所能激发出的无畏勇气和力量。

正是这勇气和力量,使得人类生活有了价值和意义。

这些年,有越来越多的旅行者来到木里,而且离木里越远地方的人似乎越对这里深感

当宁静的山间回荡起清脆、悠远的铃声，远远望去，便会看见一队马帮走来。

兴趣。

　　我知道，这和一个名叫洛克的美国人有很大关系。换句话说，美籍奥地利学者约瑟夫·洛克，这个以研究植物起家的博士，后来成了很有名的人类学家、探险家，是与他在丽江和泸沽湖、木里一带的游历紧密相关的。

　　当年，洛克率领探险队由云南丽江经永宁进入四川，在木里愉快地待了好几天。而我们徒步穿越香格里拉的线路，有很长一段并不是"洛克线"，因为我们更愿意探索一些新线路，并访问沿线藏族、蒙古族、纳西族等少数民族生存状态。我们的行程是乘车从西昌出发至木里县城，转车经桃巴南下到屋脚乡，然后一直徒步，从屋脚经依吉到俄亚，在俄亚参加俄亚纳西族乡建立20周年乡庆活动后，北上经宁郎至水洛，由水洛走"洛克线"经呷洛村到呷咙牛场，翻越雪山下行到冲古寺，乘车由亚丁经稻城县、理塘县、康定县，最后返回西昌。

依吉的早晨，总是这样被马帮的铜铃声所摇醒。在新鲜的朝阳中，周遭的山峦开始被镀上迷人的光辉。辛勤的农人也将赶着牛羊走出村落开始一天的劳作，渐起的炊烟在房前屋后弥漫，一切都显得和谐、宁静。

礼州古镇,古韵犹存的西昌驿站

何万敏

青瓦粉墙的民居,拾阶而上的青石梯,苍翠的黄葛树……和巴蜀的许多古镇一样,礼州古镇也在山水的环绕与滋润中,道出了几许乡土深情的寄语。说到山,西边的牦牛山脉和东边的大凉山脉其实都是背景,望得见山峰,时有雪光闪亮在蔚蓝的天空下;说到水,由北向南的安宁河依偎在牦牛山下蜿蜒,千百年来滋润着一大片平原上繁衍生息的子民。安宁河谷平原作为四川第二大平原,稻粟飘香,瓜果甜蜜。

一旁的成昆铁路复线分段施工,沿线的考古抢先展开。考古专家们眼睛都亮了:20余处

礼州古镇民居多为清代建筑。（胡小平 摄）

先秦时期遗址沿河谷分布，说明距今4000多年前这里即有人类活动，安宁河流域新石器时代考古遗存的文化面貌逐渐清晰起来。更加清晰的是，一出泸沽峡谷，当人们翻山越岭、筋疲力尽地走到这里，眼前豁然开朗，发现安宁河流域串珠状盆地中最大的这块平原，越来越开阔起来。阳光也变得愈加温暖，明亮的光辉刺破天边的云层，西昌仿佛近在咫尺。

古韵犹存,风味小吃散落街巷

礼州是西昌的"北大门",是离西昌最近的驿站,换句话说,到达礼州,西昌也就不远了。

既然人类早就在这片土地上生活,我们称西昌或者今天的西昌市礼州镇历史悠久,实不为过。《元史·地理志》有文记载:"州在路西北,泸沽水东,所治曰笼么城。南诏末,诸蛮相侵夺,至段氏兴,并有其他……至元九年平之,设千户所。十五年,改置礼州。"现存的礼州古镇建于明代,从建筑特点完全可以看出明、清时期文化风貌和影响。登高俯瞰,古城池占地约1平方公里,初建系沙土夯筑,清乾隆时期重以砖石修葺,城池方正,墙高6至7米,墙厚8至12米,有城垛子600余个随城墙排列整齐。经四川省人民政府批准,礼州镇1995年

1月14日被列为四川省级历史文化名镇。

尽管规模小了一些,但礼州古城仍然是一个比较完整的四四方方的小城。东南西北四个城门,东为迎晖门、南为启文门、西为宝城门、北为迎恩门,四门对峙,十字开街道贯穿城中,古城内外有七街八巷,巷陌相互连接。最妙的是小城东部列着一条千米街,恰似左右两翅,活脱脱把一个小城装点成了一顶"乌纱帽",小城南北的两条护城河恰似分坠"帽子"两侧的飘带;南北街衔接处的一座钟鼓楼恰似一绺插在帽后的红缨,看起来别有一番风貌。

格局还在,簇新的建筑随经济的增长不断覆盖着历史的痕迹,特别是在古城的外围,居民的楼宇霸气地生长,外墙要么涂料要么瓷砖,与古城的气质和色彩都不般配,让人一下就看出新与旧的反差。当然,这似乎也是没有办法的事情。

钱真是一个怪东西,哪里是人聚集的地方它就会往哪里去。直到今天,礼州市肆井然,商贾云集,沿街大多数是各种摊贩,五颜六色包装的商品时刻勾引着人的眼睛和钱包。不一样的是,南来北往的人流,积淀起了南北风情、东西习俗兼而有之。特别是厨艺,夸张地说是味聚京、川、广、鲁、扬、海等六大菜系,色呈汉满蒙回彝五族风度;你也可以说这是我的想象,但好味道的小吃算名不虚传了,许多独到的品种,像王凉粉、郑醪糟、严糍粑、陈汤圆、周豆腐脑、赵洪酸汤面、陈朝相豆花饭等等,确实别有一番风味。西昌城里的人假日习惯驾车而去,就为了饱口福。外地自驾车的游客也不会放过味蕾的召唤。如果有心,在游玩小吃之余,你还可带上一些土特产,把细如银丝的手工挂面、香气扑鼻的太和豆豉带回去,与家人朋友共享。

生活的滋味，串联起的是人间烟火。百姓对日常生活的热爱，使得小城的人性情绪得以长久地赓续。

古迹仍然，远去的往事凹凸触摸

历史上，礼州曾七朝设县郡，五代置州所，有"蜀军安营驻戍，太平军筑台吊鼓，工农红军打富济贫"等史迹。如今的礼州镇地域内有三处古城，两处位于镇东郊大约一公里处的陈远村和田坝村东山脚下，另一处就是今天的礼州古城。

陈远村的汉晋古城遗址，土筑城垣，墙厚6米，残城垣高1.3米，四墙闭合，面积有1平方公里。城中曾发掘汉代陶片和汉五铢钱币等遗物。古城南、北、东三面有战国至西汉大石墓、西汉中晚期土坑墓、东汉至魏晋砖石墓等密集分布。考古专家称，古城为汉代苏示县治地。

元代古城遗址在田坝村，当地人称它为"新城"。依山傍水，自东向西地势开阔，宜人居住。城南热水河北岸有新石器遗址，城东靠云断山麓有战国至西汉大石墓；城墙土夯，南北长340米，东西宽260米。现遗址东、南、北三面城垣可见，西面城墙在20世纪60年代修建成昆铁路时拆除。城内采集有元、明时期的瓷片，汉晋几何纹残砖。

如果说，那两处遗迹给人的印象，因为时光的久远已经十分模糊的话，那么改建于明洪武年间的古城，600多年来的往事仍可从时间的斑驳中依稀触摸。

这个礼州，这个西昌城北23公里的小镇，为什么总给人以怀想呢？

老人们记得早年古镇上的许多建筑，多以木构、土坯墙为框架，能够经受上百年风雨飘摇,和安宁河谷地带气候干燥有极大关系。

拐过石板老街,仰头望,天空总是湛蓝色的,洁白的云朵轻轻地划过,仿佛与眼前这些落满历史尘埃的房屋,和着一首律动的音乐。

钟鼓楼静静地伫立。三层阁台,六柱八角,雄伟壮观。魁星阁顶台正中为木雕魁神,东南北三面各悬一匾,东挂"魁联璧络",北悬"苏示古县",南书"亮善遗踪"。阁内装置鼓楼,八方爪角飞檐上翘,其上端系有铜铃,随风吹动叮当作响,清脆的声音远远地传向四方。

钟鼓楼下为拱洞通道,圆顶天花板上有五光十色的雕刻绘画,巧夺天工。

南北街尾栅门外半里许各修有一处接官厅,树碑记事。南郊场坝中筑造一座三层台的字库宝塔。此塔建于清道光庚戌年(1850年),塔上嵌有"乡规民约"等碑刻文字。

明清时,礼州受宗教文化影响,掀起建庙

热潮,各种寺庙至清末达45座。几乎街街都有宫宇,巷村有寺庙。如城内有祖师殿、关帝庙、川帝庙、城隍庙、观音阁、天上宫等;城外有玉皇庙、恒王宫、财神庙、文昌宫、万寿

礼州古镇的制高点,是建于明万历五年(1577年)的祖师殿,在今西禅寺内。

宫、忠烈宫等；城郊有佛祖殿、牛王庙、天王庙、五显庙、孔明庙、止水寺等。可谓各路神仙，各有时空。

现保存较完好的文昌宫，位于城外南街，建于清光绪甲申年（1884年），坐东向西，宫宇气势辉煌，布局严谨，工艺讲究。纵三院，横三排，红墙筒瓦，古色古香。殿前院中修有大理石镶嵌的"拜阅台"，此两边左面钟楼阁下为"诵经厅"，右面鼓楼下为"习作室"，清末曾在此开办"亮善书院"。院坝南北两面厢楼直通戏台后面的化妆室，戏台顶为魁星楼。魁阁四面开窗，能饱览全镇胜景。

午后，人们早就不慌不忙地在临街的茶馆里，聊天下棋。我也随意走进一家，立即有店主泡上茶来，旁边乐呵呵的几位老汉点着头打招呼。

"在礼州镇的老街上，随处都是茶馆。"

"没得事情，大家都爱到茶馆里耍。几乎每个茶馆人都多，一杯茶、一副牌、三五好友就能在这里坐一天。"

"现在来茶馆的也不一样了，咋个喜欢自己抱着茶杯来，玻璃杯、保温杯、紫砂杯，反正是五花八门的，算是礼州茶馆的一大特色吧。"

礼州不偏僻，108国道、G5高速公路、成昆铁路都从这里经过，离西昌青山机场10公里，西昌卫星发射基地每有卫星发射时，也总是让礼州感到颤抖……但礼州的悠闲时光，让我明白了凡此种种，好像也没有打扰多少礼州人宁静古朴的生活。

古朴院落，平稳安逸的身心居所

民国版《西昌县志》上说："礼州城在县北五十里。城形椭圆，周二里许，古苏祁县。宇文周置亮善郡。元改礼州，或谓此城为元时笼么城遗址。明设千户所。清为西昌县分驻，置县佐焉。乾隆中重修其城，后复加补葺。民国初驻分知事，嗣改区。近城尚如故。"

在日常的生活中，繁杂而匆忙的人情世故，使我们错过了需要缓慢的时刻。在礼州，我们可以离开平常高速的车轮，静下心来，看着太阳一点点地西斜。

就像生活在这里的人们，宁静的日子就足以使人陶醉。

比如，在大院里的生活。

最有名的是胡家大院，厅、堂、房、院，主屋、客室等布局讲究。尤以花园优美著称，园内红梅院、绿梅坛、腊梅台及一些名花异草，使人心旷神怡，流连忘返。

与它不相上下的，偏偏也是一家姓胡的祠院，昔有"礼州胡氏公园"之称，布局格致，疏密有序，殿重厢院，各具特色。

古朴的院落

驻足北街杨家"水阁凉亭"前,微波不兴,阁亭倒影,似怡红院;夜上亭楼,镜花水月,悦目赏心,观池倒月,随波荡然。

镇东山麓孙家大院,似"七星抱月",周围小天井,中央大天井,四周高碉堡,高墙围房绕,竹木院内缭,庄严且朴实,气势威然,淡雅古朴。孙家大院对于镇上的人来说并不陌生，那里在解放后即由军阀庄园改立为当地唯一的高完中，几乎镇上所有人的中学都是在那儿念的。十几年前，孙家的后代要回了祖上的家业，中学迁到了镇边。遥望小山坡上的庄园，那儿已经没有留下多少岁月的痕迹了，但它还是成了文物。

民居、民院、寺庙、官署，在街面排列整齐，商业铺面次第延伸，门市铺面多有吊檐竖柱，街沿走廊可供人行。铺面后常为住宅院落或生产作坊。各街店、堂、铺面富于造型变化，多为二层，底面临街面装置木质活动铺板，铺板内为柜台。后院住房常置天井，内设花坛，利用天井采光，并形成徐缓穿堂风，使室内有冬暖夏凉之感。

离这些大院不远的地方，更多的老房子已经杳无踪影，两三层的楼房清一色贴着白瓷砖，看上去多了整洁，但少了韵味。就像我至今还怀念曾经在另一个名叫美姑的小县城住过的、土得掉渣的土房子一样，我相信一定也有人怀念礼州这些看上去陈旧却积淀美好的大院。

当我从一家大院慢慢出来，走进午后的小巷时，前面有个小男孩吸引了我的视线，他边走边牵着手中的风筝，神情专注，仿佛外界的一切喧嚣都比不上他手中的东西重要。我从镜头里看去，风筝上漂亮的红纸映红了他稚嫩的脸庞。我知道，他这是要去放风筝了。

那是他在礼州古镇的一个充满阳光的午后，也是另外一些人仿佛梦境的午后。

清溪道,灵关古道留存的最美身影

何万敏

横断山脉,即使置放于世界山系地理单元来讨论,都堪称是最为独特的。与绝大多数横向伸展的山脉迥异,横断山脉的纵向阻断,将青藏高原沿纬度绵延的大型山脉扭曲为南北走向,来了一个几乎呈直角的大转弯。

在横断山相对狭窄的空间中,山脉与江河并列相行的特殊地理构造,几乎早早地就为人类的交通埋下伏笔。无论是艰难抗战时抢修而成的乐(山)西(昌)公路,还是多少次回转盘旋泥巴山的国道 108 线;无论是被誉为铁路史上奇迹的西南大动脉成昆铁路,还是近年才贯通、首创有双螺旋隧道的雅(安)西(昌)

高速公路，均是南北向穿山跨河。

聪慧并懂得遵循自然的先人，囿于工具的简陋以及科技发明还迟迟未现，他们有力的双脚和身后负重的马帮，巧妙地选择出更协调的路径，就地取材修凿栈道、铺垫青石、搭建藤桥，行人和马帮经年累月在路上踩踏出浅浅深深的凹坑，天长日久形成了连接起驿站的古道。这样蜿蜒于山脊和河谷间的人文地理奇观，带动了彼此生活所需的衣帛、油盐、药材、粮种和珠宝的交流。去地图上查看，"南方丝绸之路"的迷人曲线也是由北向南的，汉称"牦牛道""灵关道"的西路，从今天的雅安市汉源县富林镇南下，走进"凉山北大门"甘洛县。只是早在一千多年前的唐朝，这一段路因穿越清溪峡而取名为"清溪道"。

史书上也还没有甘洛县的称谓，汉武帝开始在凉山设置郡县时，甘洛这方属越嶲郡辖。

而甘洛建县则是中华人民共和国成立后的1956年12月11日。

河流成为方向，峡谷即是良好的通道，导引着人的旅程，避免误入群山的迷宫。

问题是，南方丝绸之路自古以来必经凉山的这一段，"从汉代历经唐宋乃至元明清，始终处于一种规律性开闭状态中"，凉山彝族奴隶社会博物馆馆员邓海春的观点是，"中央王朝强盛时，道路能开城设驿保证畅通，一旦中央王朝到了末期或实力衰落，而边疆少数民族势力强大后，又处于封闭阻隔状态。如此循环往复，一条古道，就会在不断的战乱中湮灭于历史谜团中"。

不妨翻阅一下史书上的蛛丝马迹。多年来，对清溪道城驿有过考证的邓海春认为，唐人樊绰所著《蛮书》中记载最为详细，并且又以向达校注的版本最为确切。他拿出中华书局1962

年版本,翻到这里:

> 自西川成都府至云南蛮王府,州、县、馆、驿、江、岭、关、塞,并里数二千七百二十里。从府城至双流县二江驿四十里,至蜀州新平县三江驿四十里,至延贡驿四十里,至临邛驿四十里,至顺城驿五十里,至雅州百丈驿四十里,至名山县顺阳驿四十里,至严道延化驿四十里。从延化驿六十里至管长贲关。从奉义驿至雅州界荣经县南道驿七十五里,至汉昌六十里,属雅州,地名葛店。至皮店三十里,到黎州潘仓驿五十里,至黎武城六十里,至白土驿三十五里(过汉源县十里),至通望县木良驿四十里,(去大渡河十里)至望星驿四十五里,至清溪关五十里,至大定城六十里,至达士驿五十里(黎、巂二州分界),至新安城三十里,至菁口驿六十里,至荣水驿八十里,至初囊驿三十五里,至台登城平乐驿四十里(古县今废),至苏祁驿四十里(古县),至巂州三阜城四十里,(州城在三阜城上)至沙

邛城八十里……

可能有些枯燥了，但这段文字明白无误地勾勒出遥远时代清溪道的走向。邓海春解释，唐时的一里约等于现今的540米，由此我们可以计算出各城驿之间的实际距离。

古道依旧蜿蜒，暗示着时间的久远。

循着马夫的汗味与马匹的蹄印，2014年立冬时节，我来到清溪峡南端的甘洛县坪坝乡。"想去深沟，阿啵，我太熟悉了。"帅气的乡党委书记罗阿木执意要陪我去。这位43岁的彝族汉子所说的深沟，就是指清溪峡。他1990年3月被招聘到坪坝乡做计生专干，对这一带山水相当熟悉。他称自己"工作25年一直在坪坝、前进、大桥"三个乡。由于坪坝乡远离县城，海拔较高，冬季十分寒冷，农作物以马铃薯、玉米、苦荞为主，当时农民人均年纯收入不到两千元,但他强调:"老乡很淳朴。"

  罗阿木同样踏实,帮我拎起摄影脚架就上路了。乡政府所在地是坪坝村三组,一条古街径直连接着古道。说古街,其实不尽然,约两百米长的街道本是用混凝土铺面的,却因当作燃料的干枯蒿草和背篼、摩托车随意摆放路边,加之前几天的雨水流淌一地,留给人一些零乱的印象。古意犹存的是街道两边的房屋:低矮的屋檐仿佛支撑不起发黑又泛着天光的青瓦,斑驳的土墙与石墙脚底普遍因雨水侵蚀已附着一层绿色苔藓,家家户户的陈旧木门板多数门锁紧闭,若不是看见金黄的玉米棒子垂挂在屋檐下,或者有些木门上还贴着红底金字的春联,我实在怀疑村庄已是人走屋空。偶尔见到一位白发老太婆坐在家门口的木椅上歇气,她头戴绒帽,棉袄外罩着紫罗兰色上衣,双手向上摊着,手指似乎沾着什么,像刚做过家务事还没

甘洛县坪坝乡坪坝村三组是清溪道南端的村庄，土墙木房仿佛讲述着遥远的故事。

有来得及清洗，微笑着任我拍摄。我还见到一位年轻的母亲在洗涤一盆红色的、粉色的衣裳，一旁幼小的孩子身背玩偶、手端彝族漆器的饭碗在吃午饭。村头以及街道中段许多处，扎眼的是已破败并被遗弃的木屋、土房，默默积淀着那些曾经鲜活的故事。

经过一片开阔的草地，清溪峡就在眼前。

当层叠的青山分列两旁绵延而去，伴随一

条清澈见底的潺潺溪流，泛着光亮的青石闪露于绿黄色的草甸间，我知道，这就是清溪峡古道了。而挟持清溪向北奔流耸立两旁的山峦所构成的当是清溪峡。

不用说，走进峡谷，本来已是清洁的空气更加清冽，沁人心脾。茂密的植被覆盖着群山，天气寒冷的缘故树木长不高大，季节正开始把明黄、橘黄和绛红泼洒上绿叶枝头，缤纷的颜色悠然透过云层的阳光照耀，亮丽而令人心旷神怡；踩踏在铺满深褐落叶的古道上，清脆的窸窣声与凉爽的流水声相应和，音乐旋律般回荡于峡谷。当然你也可以把这样的声音听成马帮铜铃的叮当，或者穿越时空的历史跫音像一个幽灵在溪流上漂浮。绝壁处是凿空的甬道，行人得低头勾腰，不知道当初马帮怎样能够通过——难道好久没人从这儿过，沉重的山体又压下来一截了？有几处坡陡弯急，道路右下是

清溪峡水流淙淙,清澈见底,蜿蜒而下。

悬崖，步步惊心不敢大意。从崖缝中生长的小树，伸枝展叶凸显坚韧顽强的生命力，也快要挡住行走。走到峡谷深处，树木愈加长得浓密，仰望山顶的森林竟有原始的模样。如影随形陪伴着古道的清溪层叠而下，奔突婉转于巨石之间，跌落成乳白色的流水，美得像刻意雕琢的风景明信片。一路美不胜收，只顾按动照相机快门，也就忘了疲劳和困顿。

　　徒步两个多小时，到一大跌水处，道路改至右岸，我跃跃欲试，想跨越过去继续前行。估计跳不过去，罗阿木也婉言劝告，说若摔下那几块被水冲得光滑的巨石会很惨。脚下是河溪左岸，建有小型水电站的引水渠，据说已舍弃不用，此处原先搭建的便桥也不见踪影。石上仍有依稀可辨的马蹄印凹痕，我有些依依不舍，想象着路途的艰辛，只得遗憾地返回。《甘洛县志》有文："清溪关是唐贞元十五年（799

年）川西节度使韦皋为和吐蕃通好南诏所设关隘。清溪峡为南北走向，全长5公里，南起甘洛县坪坝乡政府驻地，北至汉源县的大湾。"此文明显有误。《资治通鉴》记载贞元十五年（799年），"吐蕃众五万分击南诏及嶲州，异牟寻与韦皋各发兵御之；吐蕃无功而还"。当天我走了6公里未到目的地，所以我觉得另有资料上说清溪峡甘洛段长约7公里，至大湾约10公里，比较可信。

我还感兴趣的是，在折返走出峡口的河滩开阔处，偶遇十几匹建昌马悠闲地在草地上晚餐。这些建昌马中除有3匹为棕黑色外，其余全都是棕褐色，嘴唇均为浅白色。它们背脊处两边各有两处鬃毛被磨得可见皮，那是驮运物资劳累摩擦的印迹。做人不易，何况任由人支配的马匹。中国原生马种分为五大系：蒙古马、河曲马、西南马、藏马、哈萨克马。其中，西

矮小的建昌马,以耐力好、负重强驰名。

南马系身材最矮,建昌马又是西南马系中最矮的一支,成年公马平均体高为1.2米左右,也就刚到成年人腰部。别看建昌马体格短小精悍,它们有吃苦耐劳、善于跋山涉水和长途驮运的美誉,也算赫赫有名。建昌马也当仁不让地成为西南丝路灵关道上的绝对主力。

除了从甘洛县坪坝乡向北至汉源县大湾,

清溪道更长的一段是坪坝乡一路南下至蓼坪乡白沙沟，全长达48公里。明清时，这一路段设有坪坝、窑厂（古新安城遗址）、尖茶坪、海棠关、镇西、清水塘、腊梅营、蓼坪等关、铺。如今，这些地名在1∶200000的甘洛县地图上也找不到几处，更不要奢望发现什么有价值的遗址。但我知道古道等待着我，我没有理由不去走一回，即使从坪坝经海棠镇再到蓼坪乡的古道大多筑成公路，也只得驾车缓慢在起伏的山间寻觅。所幸海棠古镇尚留有许多材料供我下一篇文章专门讲述，太多遗迹已随岁月和季风散尽。

在时间深处，古老的文明消失于星光闪烁的夜空。

现为凉山州博物馆馆长的唐亮，2006年第三次全国文物普查时，曾率领凉山州和甘洛县组成的文物普查队，背着干粮和设备，沿途用

密林深处的清溪道是灵关道留存最完整的一段,现为全国重点文物保护单位。

清溪道,灵关古道留存的最美身影

GPS定位仪器测量，用数码相机记录，徒步5天时间，理清了一路的驿站、营房遗址、清代石桥、清代墓葬群等等。"这就是全新的线性文化遗产，不是孤立的一个点，而是形成了一条线。"唐亮当时就按捺不住激动的心情。

所幸，文物保护工作者的心血浇灌出结果。2013年3月，国务院公布第七批全国重点文物保护单位，"甘洛清溪峡古道"名列其中。

随后，在清溪峡古道南口，可见甘洛县政府置大理石碑，碑文明确了古道保护范围及建设控制地带：南北自双石包至横岩子的水源、植被及青石板路面，全长5公里范围内；东西方向以20米范围为界。该范围东、西外延至峡沟两边山峰为建设控制地带。

清溪峡古道升级以前，零星有驴友慕名而来，体验远古的清风侠骨。据说南京大学旅游学院20多个师生来此调查，号称受富商委托搞开发前期规划。甘洛县城建和旅游方面也设想投巨资加以开发，但不菲的资金成大问题。

坪坝乡党委书记罗阿木也忧愁经济的增长。甘洛县是凉山黑苦荞种植基地，全县一万亩的种植面积，坪坝乡就占到一半。他成天焦虑的是贫困农民脱贫攻坚"战役"的大事，还没有精力去打古道发财的主意，无法顾及古道上五颜六色人来人往的浪漫想象。

凉山最美处，梦中牛牛坝

何万敏

宁静与僻远的山峦莽莽苍苍，羊肠小道隐现于荒野与庄稼地，泛着诱惑的光亮，浮呈出无尽生机。探望交错绵延的崎岖之路，很难猜测路的去向——它会把奔走的人牵引向哪个村落，哪一种生活？

而哪一条又是牛牛坝古道呢？

每当踏上牛牛坝，我总会热血沸腾地追问：脚下这条路，即是无数先民踩踏渐成的古道吗？牛牛坝的名气，有凉山彝族传说及《送魂经》《招魂经》记载。彝族从滇东北迁徙凉山，从云南永善县的大屋基渡过金沙江，沿美姑河而下，到达凉山中心地带的利木莫古（今美姑县）。在牛牛坝，彝族两大支系古侯向东、曲涅向西，沿着不同的方向散居在大小凉山。尽管走得艰辛，古道，却联系起先民的生命。

举目凝望，牛牛坝无疑是关隘要地。格俄巨普山、尔曲合普梁子、曲补沃切山高耸分峙于北、西、东三面，惟有南流的美姑河段自成逼仄的峡谷。相传一名叫牛牛的彝族妇女，最先定居此地，而此后，匆忙的过往行人多在此歇憩，她的名字就成了难忘的地名。

然而，这段古道并没有被记入史册的幸运。

没有残垣断壁、废墟遗迹。它只存在于一代又一代人的脚下。

如同一条条的路，牛牛坝在我心底，潜隐着漫漫生命历程的饱满。或许这不同于后来采风的艺术家，他们把牛牛坝拍得美轮美奂，印制于精美画册中。我不敢轻言牛牛坝不美。整体而言，它融入了凉山的美，不张声色，却常常诱惑着有心人犹入梦境。我无数次地穿越了牛牛坝，它成为我生命旅程的中转站，伫立于我生长的候播乃拖与求生的美姑县城之间；我走过许许多多的路，这条路却是我人生中最富有意味的一段。沿着蜿蜒绵长的小路，稚嫩的脚步踽踽而行。被山风吹拂和骄阳照射的通红脸庞，不知什么时候沾染了泪水，可如若谁提了牛牛坝，勇气霎时倍增，走得气喘吁吁，像是山里的彝人。

1906年12月，一位名叫多隆（Vicomte D'ollone）的法国少校率领一支探险队，以其为探险队队长，鲁巴吉大尉、胡勒莱尔中尉、波依乌军士3名法国军人为队员，包括神父德·格布里安，要穿越大凉山。这一年8月6日，法国军事部批准了他们在中国西南的探险计划，其主要目的是调查那些"独立的""未开化"的"蛮族"。法国文化部、殖民地部、印度支那政

从当时称宁远府的西昌到昭觉,既要翻山越岭,又要穿越河谷坪坝。

厅、碑铭文学学会以及法属亚洲委员会等机构,对此次探险活动给予经费资助。上述人员均系军事人员,但多隆探险队的公开派遣机构是法国地理学会,以便对外宣称其考察的科学性质。

行程是从他们当时的殖民地越南出发,经云南渡过金沙江从会理北抵当时称宁远府的西昌;很快1907年初又以西昌为起点,抵达被渲染得神秘可怖的"彝族的心脏部位"昭觉和秋海(根据地理描述,我猜测"秋海"即为今天的竹核）一带并顺利穿越了"彝族禁地"——昭觉、美姑、雷波，再过金沙江到达宜宾城，历时半年。这名法国人后来写了多部有关中国西南民族的书籍，其中一本文辞优美的1911年在巴黎出版，几十年后，这本书才在1999年翻译成中文《彝藏禁区行》，与中国读者见面。我从多隆"戏剧性"的记述中，窥见一页页沉重的历史暗影。那时的凉山，是一个神秘莫测却又对外界充满太多吸引力的"富矿"所在。

法国探险家多隆所著的《彝藏禁区行》，1999年7月由新疆人民出版社推出中文版。译者为辛玉、周梦子、叶红。

也许各个学科的知识,在这里都可以发挥作用。例如,从地理角度看,有必要测绘出这三个民族(在书中特指贵州苗族、四川彝族和西藏藏族——作者注)聚居区的地图,以便全面修正以前那些割裂开的,不完整、不准确的地图。从历史学角度看,在打了两千年的仗之后,在占中国面积一半的这个地区……其中一定有波澜壮阔的故事。从考古学和碑铭学角度看,应该搜集调查所有历史遗迹和铭文,这些铭文一定记录了上述争斗的全面情况。从民族学和人类学角度,有必要搜集各种传承、民俗、社会政治组织原理、人体体型、性格等资料。从语言学角度看,有必要研究这么多民族的语汇、文字、书法等。或许——因为我们没有必要抱有幻想——我们这一代人只能努力搜集有关这些大问题的基本资料,而纠正错误、填补不足的任务可能将留给后人。

但是,要在20世纪初叶进入彝区并不容易,即使做过充分的预案,多隆也意识到必须克服三大困难：

    第一个难题是，中国当局的正式反对。因为当局总是怀疑外国人可能与反叛者相勾结。另外，一旦有外国探险家在中国境内遇到麻烦，其所在国政府肯定会要求中国赔偿，而中国又不想说，这块土地他们管不了。反之，如果外国探险家成功地进入这个地区，那么就会反衬出中国官吏的懦弱无能。

    第二个难题是，寻找与我们同行的随从人员。因为越南保镖不肯继续跟我们往前走了，又不能滥竽充数。想指望中国人吧，他们（找到的汉人）则说，只要脚一踏入彝区，不管是谁，都要被杀或被充作奴隶（因而不肯去）。

    第三个难题来自彝民内部。他们内部的部落关系分得很细，互相嫉妒，常常发生纷争。英国著名旅行家科尔波恩·巴巴对此有重要观察。在解释他为什么仅徘徊于彝区外围，不得不克制着

牛牛坝桥下的河流，就是美姑河。

自己终于未进入时，他是这样说的：彝人对他说，"我们是欢迎你的。但即使我们让你进入了，在我们的对立部落那里，你还是通不过去的"。

多隆组织的是一支职业探险家队伍。"对我们这些探险家来说，再艰苦的体验也会被视为一种乐趣而感到愉悦。对探险家来说似乎有一种魔法，能拆除挡住人们脚步和视线的魔墙。一个崭新的世界将出现在他们面前，他们将看到一些美妙的事物。他们的内心怀有一种不可摧毁的信念,即他们坚信有某种力量在无所不能地保护着自己。"

多隆详细描写了那次对他来说实在难忘的经历。他按照欧洲人的习惯,把他见到的"黑彝"称为"贵族":

所有的土地都属于贵族。他们极为崇尚武力。就像我们在面前所看到的那样,他们不算无视文化,但完全没有认识到农业的价值。农业是奴隶们所干的工作,所以奴隶是必不可少的。为此,汉人为他们提供奴隶。汉人把诱拐到的奴隶带到彝族人的山区地带。这不是具有讽刺意味的实情吗?在这个巨大帝国的自由的领土内,竟然不能防止他们的孩子成为"蛮族"的奴隶。

不过据多隆的实地考察,虽然彝族奉行严酷的等级制度,奴隶必须绝对听命于主人,不得逃跑,但从普遍情形看,他们并没有受到想象中的虐待。从穿着上,甚至看不出贵族与奴隶有特别明显的差别。

彝族在人类学方面遗留的许多谜团,很容易令人迷惑并浮想联翩,多隆显然是其中的一个。他对他所见到的彝族人体质特征的记述,乍看显得有点难以置信:

在我们的保人中,有两个是身材魁梧的男人。其中的玛·禾秋身高有2米,长着一副深沉的、端正的脸。还有一个叫玛·瑶拉,身高1.90米,其头部长得特别美,没有一点亚洲人的特征。肤色不是黄色的,而像南欧居民被晒黑了的那种颜色,眼睛不是斜斜的小眼,而是被有力的弓形眉所保护着。鼻子是鹰钩鼻,口形很好。而且特别是那种说不出来的开放的、直率的、富有阳刚之气的表情。那眼神很沉静,没有任何挑战的神情。他们的头部有点像欧洲人,还有几分像印度人。当他们在头发上饰以羽毛时,竟有点像漂亮的印第安人。

多隆在提到彝族特殊的美貌及其高贵的气质时,几乎用尽了赞美的言词。"玛·节节的妻子是一位引人注目的妇女,"他在游记中写道,"她是一位真正的美人,是那种端庄、高贵的美貌。她的言谈举止具有一种无可挑剔的高雅风度。她穿着与汉人完全不同的民族服饰,而且穿得非常得体。卡腰的外套垂到大腿,代替了裤子,领子和她很般配,坎肩领口一直到脖子,裙子带有褶,且镶着边。肩上和男人一样披着披风,但她那件披风很像欧洲摩登女郎穿的圆形斗篷,看来不是毡子做的而是用上等羊羔毛做的。"

多隆还欣喜地发现,彝族人拥有一种文明。他透露,他们发明了一种特异的文字,迄今未能解读的、用那种文字书写的书籍中已有二十册被运到欧洲。如今站在凉山的土地上,这位高鼻梁的法国人非常期待,能进一步发现和掌握证据充分的、保持原样的古代文明。

历史上或许还有其他探险家和冒险家悄悄地来到过这块隐秘之地?置身湛蓝的天空下,固执与傲慢、信念与毅力,都随白色的云团繁衍膨胀。从这点上来说,那些形形色色的外来者与根植于高原山地的彝民应有相通之处。谁知,在曾上演过一幕幕轰轰烈烈正剧和悲喜剧的牛牛坝,只留下纵横的小道。依恋土地的彝民一茬一茬收割包谷、土豆与荞麦,旷野稀疏的枯草摇摆着遍地野花。早晨的山野在薄薄的清冽中一片寂静。

橘红色的太阳从山梁后露出脸来并越升越高,西边的山一层一层地被东方的阳光染红,眼前的一切也开始变得越来越清晰,越来越亮堂,越来越温暖。温暖的阳光穿过瓦板房的空隙射进屋中。晶莹的露珠仿佛睁开眼睛的精灵，鸡鸣狗吠闹醒了村庄顶上的袅袅炊烟。

新的一天又催促着我，踏在路上了。在裸露的阳光下穿行，感受着凉山深处的魅力。

大凉山,索玛花儿开了

贾巴尔且(彝族)

身为地地道道的本地人,每年索玛花开的季节,我都无数次地去看,每次都有不同的看点,用百看不厌来形容一点也不过。

今年初夏时节,应十万索玛花海的召唤,迎着清晨灿烂的朝阳,我们一行兴致浓烈地向盼望已久的四川省金阳县波洛索玛花海奔去。

索玛花是杜鹃花的彝语名,索玛花是彝族人民最具有代表性的花,它象征着美丽与善良,坚忍与质朴,神奇与崇尚,勤劳与大方。它生长在中国西南彝区高山上,是彝族人眼中奇特美丽的花朵,是彝族的族花。

彝族人形容姑娘美丽,以"索玛花"来比

喻。女性婴儿呱呱落地取名"索玛",它代表孜莫格尼(彝语,吉祥如意),像索玛花一样美丽漂亮。索玛花是彝族人民的吉祥之花、幸福之花、希望之花。

相传,从前凉山有一个黑彝家漂亮的女儿名字叫索玛花,她爱上了一个英俊的彝族"奴隶娃子",双方爱得死去活来。他们的恋情被奴隶主知道后,奴隶主将"奴隶娃子"残忍地五马分尸。索玛花伤悲不已,终日以泪洗面,在一个大雨倾盆的夜晚,投河殉情。他们的爱情感天动地,老天也流下了感动的泪水。泪水化作滂沱大雨,最后形成了现在西昌的邛海,他们爱的精灵变成了满山遍野的索玛花。一到夏天便映红了大凉山,向人们宣示着爱的热烈。为了纪念索玛花姑娘,彝族便将杜鹃花叫索玛花。

索玛花是我国三大天然名花之一,古诗曰:

"水蝶岩蜂俱不知,露红凝艳数千枝。"春神翩然来临之时,就是索玛花盛开的季节。它分布极广,在我国品种多达600多种,而在四川省金阳境内也有50多种,每年4至6月是索玛花盛开的季节。

汽车从袖珍而又靓丽的金阳县城出发,颠簸于曲曲弯弯的盘山柏油路上,老天爷也和我们的心情不谋而合,前几天还是阴雨绵绵,大雾笼罩,今天就像被浆洗过一样纯净,万里晴空。一路上看不见一片荒地,全被绿色所占领了,就像铺上了一张巨大的绿地毯,密密麻麻的参天古树,奔流而下的溪水,小鸟在林中轻悠悠的啼啭声、小溪的欢呼声,相互交织在一起,形成了一首大自然的交响曲,向丛林深处蔓延。潺潺的山泉也为宁静的青山奏出清幽的乐章。还不时地会看见小动物在林间出没,花香鸟语,各种树木郁郁葱葱,空气湿湿黏黏,才入鼻腔就仿佛沁人心脾，混合着花香草香，使人精神为之一振。

折腾了近一个小时后，汽车到达了热柯觉乡，公路两旁的一簇簇索玛花已盛开，不时地映入眼帘，像是在欢迎我们的到来，我们一路的人说："真是太美了。""这算什么索玛花嘛，到上边海拔3000米的波洛山时，那才是真正的索玛花海。索玛花的风光像一盅美酒，不知不觉中把人灌得如痴如醉的，拭目以待吧。"另外一个朋友补充道。

"哇，那是白雪还是索玛花海？"朋友打开了车窗指向远处说。大家都陶醉在这种成片的索玛花海景色中，还不时地左顾右盼。小白和小李的头呢，已经碰撞了好几次，但还是一点都不觉得疼，只是碰了以后，用手去摸一摸，揉了又揉。小车师傅已经开得快了，可是大家都巴不得马上到达终点，跳进花海中畅游，不停地叫师傅开快点再快点！

车终于停下来了，我们下了车，一片银色的世界扑面而来，天地之间全是雪的世界、花的海洋，使人不禁浮想起银装素裹的冬天，使人眼帘随之豁然大开，我们深深地呼吸着索玛花海的芳香，舒展着疲惫的身心。

走进索玛花海中，终于身临其境，我抑制不住内心的激动仰天长啸，产生了与大自然对话的奇妙错觉。索玛花有白色的，有粉红色的；有亭亭玉立的，有含苞待放的；争奇夺艳、竞相开放、尽展丰姿。一阵微风吹来，清香扑鼻，令人沉醉。成千上万的蜜蜂嘤嘤嗡嗡地叫个不停，时而飞到花蕊上采着花粉，时而飞到我们身边绕着"八"字飞舞。小鸟在树林里飞去飞来唱着优美动听的曲子，召唤着朋友来参加歌咏比赛；小孩们的嬉戏声和各种杂声又组成了一首抒情朦胧诗，让人流连忘返。蝴蝶也不甘

金阳县波洛索玛花海

落后在空中翩翩起舞,还亲吻着我们的身子呢!她那优美的舞姿,把索玛花装点得更加美丽。

  我们一行拿着照相机,不停地拍着,走着,被眼前各种各样的美景迷住了,不知走了多少公里。索玛花有一座山一座山成一种颜色的,有一片一片的、一大团一大团的、一丛一丛的,有盛开着的大索玛花下面还有小索玛花的,花海浩瀚,花树婀娜多姿。还有一座山是一半紫色的、一半粉红色的,这不是大自然鬼斧神工的杰作,哪位修剪师能够修得出那么奇特的造型呢?

　　人们三五成群地走在漫山遍野的花丛中,举起相机这里咔嚓一张,那里又咔嚓一张,照结婚照的、集体照的,放开喉咙高歌一曲的,低声抒情吟诗的,还有写生的,什么都有,一个个谈笑风生,细细地品味着这人间天堂的美景。花丛里还传来彝族男女青年们对唱的情歌,让你百听不厌。此时,我多想有一支画家的笔,画出这五彩缤纷的花海;多想有一部摄像机,留住这与世无争的镜头,锁定这美丽的景色;多想有诗人的文采,揽住这片索玛花海的情怀!

　　　金阳的索玛红了,
　　　金阳的索玛美也,
　　　彝乡的天空醉了,

唱起你的歌吧，

跳起你的舞，

像雄鹰自由飞翔……

这首由时任金阳县委书记毛德忠作词、彝族歌王奥杰阿格作曲、彝族歌手白里格演唱的《陪你金阳看索玛》，萦绕在心头。

我依依不舍地离开了这迷人的索玛花海，但心早已经陷进花海里了，绵绵情丝不觉油然而生，感叹道：人生美好的时光总是那么易逝，如果那索玛花海能永驻人间该多好啊！

大凉山:最后的彝族瓦板房

贾巴尔且

当记者的这十三年,有幸做上了自己喜欢的职业,能有机会下乡、拍摄、采访、写稿,也走遍了四川金阳的山山水水。最特别的是能够用图片、文字等记录即将要消失的东西,这是一件累并快乐着的事情。由于社会发展的历史原因,我们彝族祖祖辈辈都长期住在统称为"三房"(瓦板房、石板房、茅草房)的房子里面。凉山彝族自治州,是中国最大的彝族聚居区,彝族的瓦板房也是最多的。这些简陋的房子不能遮风挡雨,而且低矮、潮湿、透光性极差。可想而知我们父辈的家居条件是极为艰苦的。

随着改革开放的进一步深入,惠民政策的

进一步落实，金阳县委、县政府和扶贫开发两资办把"三房"改造、移民新村、彝家新寨、易地搬迁等建设作为全县广大贫困群众最拥护、最欢迎、最积极、最盼望、最关心、最直接、最满意、最现实的亲民为民工程，使广大彝族农民的居住条件得到了很大程度的改善。人民群众的物质文化生活得到了快速提高，像石磨、背水桶、瓦板房这些从古至今和彝族人民分不开的生产、生活用品，这些反映着彝族文化的事物，现在已经和我们要说拜拜了。

采访瓦板房梦寐以求

作为一个地地道道的彝族人，我很惭愧五十出头了至今没有住过一夜瓦板房，但是通过平时所见所闻我能想象得到住瓦板房的艰难。于是联想到瓦板房既然渐渐消失了，那为什么不留下一些资料让后人看看呢，作为一个新闻人，记录一下这段历史是我义不容辞的分内之事，这段历史是一段瓦板房的歌谣，更是一个民族的成长史。

这些年虽然经常下乡，但是没有看见过成片的瓦板房村庄。由于这些年改造，瓦板房已被一排排错落有致、鳞次栉比又具有浓厚民族特色的小青瓦房取而代之。最近，好不容易打听到在金阳最高峰狮子山北麓的高峰乡一个村庄至今还有成片的瓦板房，主要是那里的村民已经移民到条件好的地方去了，瓦板房拆了又不值几个钱，就一直保留到现在。虽然村民都搬迁了，家里还是有一些日常生产、生活用具，他们闲时会不会来看看曾经居住过的地方？如果他们搬迁的时候把瓦板房拆除了，哪里去拍这种最珍贵的图片呢？于是到高峰乡去一睹瓦板房的风采成为我近年来梦寐以求的一件事。前几天，我们把想采访一下金阳最后的瓦板房一事给单位领导汇报以后，有幸得到单位领导的大力支持，并给我们安排了小车和相关事宜。这些瓦板房与其说是金阳最后的瓦板房，还不如说是凉山最后的瓦板房，因为现在全凉山州的瓦板房都看不见了，而且像高峰乡这样保留下来的，也是它的居住环境、气候条件等诸多因素促成的。我曾经给我们县的一些领导建议过，如果能够把这些相对集中的瓦板房好好地保护下来，十几年后，必将成为凉山州又一道亮丽的风景线，通过这些瓦板房看大凉山翻天覆地的发展变化，看金阳翻天覆地的发展变化。

在一个明媚清晨，我们穿起长袖外衣，戴上太阳帽，带着照相机等相关工具，7点从县城出发。小车驶过S208线就进入了著名的四川省生态自然保护区——百草坡，然后就向目的地高峰乡基达村方向奔去。通过保护区牧场，小车在弯弯曲曲的通村公路上行驶着，拖着一条长长的灰色尾巴。由于同事有点晕车，吹风的时候，灰尘时不时朝开起的窗口进来，我们也变成了"灰太狼"。虽然一路颠簸，疲惫不堪，但是看见漫山遍野盛开着五颜六色的索玛花，看见村民在地头忙碌的身影，看见万里无云的天空，一行的同事也不晕车了，长谈着他20年前曾经在这个乡工作时的情景。

瓦板房，彝族的别墅

彝族瓦板房一般分土墙和竹笆墙，现在的都是土墙瓦板房，人字形结构，用木架搭成，用橡子作瓦，橡子一般是每块长约4.5尺，宽约1尺的长方形，俗称"瓦板"。房屋面坡度一般在30度左右，用很多橡子竖起，从不开门那边，四人或者五人以四层或五层同时盖起来，由最底层那个人先盖，然后以此类推。一般盖瓦板分两层，底层满铺，上层于两块相连接处盖一

瓦板房村庄

块。最后再用一块橡子横着用二三十斤重的平石头压住,防止被大风吹掉,然后便大功告成。

屋内隔木板或竹篱笆,装饰着简单的纹饰图案。室内分左中右三部分,进门为中堂,宽大,中堂靠右上方设火塘、置锅庄。火塘左边,用木板或竹篱笆隔成内屋,为女主人卧室和收藏室,入门右侧为畜圈。屋内上层空间设竹楼,储粮,也作为男性卧室或客房。屋檐上有的雕刻着各种动物、花草等图案。

三锅庄平时烧柴,用以做饭、取暖和照明,其上方用绳索吊一长方形木架,放置竹帘,以便烘烤粮食。每天晚上睡觉前把有火的炭集中在一起,放一根大柴火在里面,让它第二天起来了还有火,火塘一般终年不灭,是家人和客人围于此侃侃而谈的地方,也是大多数彝族群众社交的场所。坐三锅庄周围也是很讲究座次的,内室边是女主人的位置,上边是男主人、客人和长辈的位置,这两边都铺有草席或竹席。下边是煮饭、烧火等炊事活动的地方,特别是有客人的时候不是随便乱坐的,忌有人跳越或翻越三锅庄。

彝族瓦板房的外墙一般不开窗,整个一间房子修建下来不用一颗钉子、一根铁丝,用现代话来说是最低碳、最环保的房屋。

每个家庭都想拥有属于自己的一个家,家就是房屋,不管这房屋是豪华的别墅,抑或是简陋破烂不堪的茅草屋。彝族有一句俗语：父母欠儿子的是给他找媳妇、修房子，儿子欠父母的是养老送终，可想而知房屋在人们心目中有着举足轻重的地位。

金阳瓦板房发展经历了旧社会，解放以后到合作社，其最快发展属于合作社时，然后改革开放以后逐步得到了控制。这些年来已经没有人再砍伐森林了。修建瓦板房都是从改造瓦

瓦板房

板房的地方买瓦板来修的。在旧社会瓦板房不是哪家都住得起的，由于需要很多人力、物力、财力，只有地主和富裕的人才能住得起，平民百姓只能住草房和竹子房。

瓦板不是锯出来的，而是用刀劈撕成的

由于所铺的瓦板是以云杉木用大刀劈撕而成的，所以瓦板上有自然形成的凹凸不平木纹条，下雨时便成雨水沟。劈撕瓦板蕴含着朴实的彝族文化，彝族有一句俗语：强教的人不成才，削出来的瓦板不防雨（意思是：如果他不愿意，不想做，天天教育他也等于零；削出来的瓦板椽子因木纹被砍乱了，下雨的时候，雨就漏出来，不防雨）。一般劈撕瓦板还是讲究技术的，先看看这棵树大不大，树子是不是笔直的，有没有结疤，然后在树根上用斧头砍2尺左右，看看木纹是不是直的，直的就可以砍倒，再砍成4.5尺左右的圆柱体，竖起用大刀把它劈撕成相同大小的几份，用大刀定为七八公分厚，慢慢地用一根木头敲打把瓦板劈撕出来。如果是旋转的，那就不用再砍了，虽然采取了许多办法，但是有的树子砍下来了，中间木纹弯弯曲曲，还是不能用，白白浪费资源，即使是广袤的森林，也经不住人们的砍伐。

劈撕瓦板还要看看你运气好不好，运气不好的人一天砍了几棵树，一棵都不能用，有的甚至几天都找不到一棵好的树子，只会让你累得疲惫不堪；运气好的人砍一棵树就可以劈撕瓦板了。劈撕瓦板也要技术，不是哪个人都可以的，还得有一个师傅，一个成年男子一天最多劈七八十块瓦板。由于才劈出来的瓦板是湿的，很重，背不起，因此，要专门烧一大堆火烤瓦板，把水分烤干。劈瓦板时，事先要准备好充足的干粮，然后几天几夜住在原始森林里面，所以劈瓦板也不是一件容易的事。

瓦板房一般适用于海拔 2200 米以上的高寒山区，因为高山潮湿。二半山（彝族独有的地理概念，通常指介于高山与低谷之间，海拔在 1500—2500 米之间的山地）以下的地区，由于气候干燥经常日晒雨淋，瓦板会变形、开裂漏水，瓦板房的寿命也不长。瓦板房每年都要翻修一次，把底瓦板翻出来盖在上面，再把平上的翻出来盖在底面，然后有人住在家里，经常生火，可延续瓦板的寿命。一旦下雨了，雨点打在椽子上哗哗地响，不下雨的时候，看得见天上的星星月亮，所以没有睡习惯的人，第一次睡在瓦板里面是睡不着的。盖瓦板房的时候，主人家就宰猪杀羊犒劳帮忙的人，一栋瓦板房只要盖好了，好好地管理可以住四五代人，不成问题。

挥之不去的记忆

"1948年8月的一天,我们一行4人从老家南瓦乡背起炒面出发,准备到百草坡去劈瓦板,修建瓦板房。结果在半路上装炒面的羊皮口袋绳子断了,我们不知道,后来才晓得我们彝族说这是不吉祥的。第二天我们在砍树子的时候,我的叔叔被倒下来的大树子打死了,没办法,只有把叔叔的尸体抬回家。那时候百草坡是很大的原始森林,那些白木杉每一棵都是几个人合抱才围得起来。就是因为修建瓦板房才被砍完的,现在倒在地上的大树子虽然腐朽了,但是到处都看得见。你想一下,修一间房子就要1000块左右的瓦板椽子,如果政府不控制,百草坡的原始森林早就没有了哦。"

提起瓦板房,今年83岁的阿苦阿吉滔滔不绝地说着挥之不去的那段往事。

"我今年78岁了,记得事的时候,我们营盘周围这些都是原始森林,有的树子大得三四个男子都合抱不了,高得到天上去了,我们劈椽子都是在这些地方劈的。其他区的人也背起干粮来找,所以森林里面到处都是被砍倒在地上的大树子,那些是几百年、上千年的树,太可惜了。以前我们这里只有20多户,现在已经上百户了,这些瓦板房都是合作社以前就修建的,改革开放以后国家管得严格,修建一间房子要上税,办理手续才可以,特别是近20年来,已经不再办理砍伐树木的手续了。"高峰乡基达村阿则家组陈当则告诉笔者。

瓦板房将要退出历史的舞台

这些年随着改革开放的进一步深入,政策越来越好,国家不仅免除了几千年来的各种提留税收,还有粮食直补,退耕还林,农村低保、新型农村合作医保。另有什么"三房"改造、移民新村、彝家新寨等建设,农民修建自己的房子,政府会予以补助,和以前相比真的有了翻天覆地的变化。现在到处都是漂漂亮亮又有我们彝族特色的大瓦房,好多农民住的都是洋楼。说起瓦板房,而今不要说住在低山的人,就好多高二半山的人也不知道瓦板房是什么样子的。

"以前即使富裕的父母都很难给自己的儿女修一间瓦房哦,修一个草房都要准备几年。我们自己有一点钱不可能全部拿来修房子,现在家家户户都住上了砖瓦房,想起来真的好像做梦一样,以前做梦也不会做这些的。政策是越来越好了,我们应该好好地珍惜才是。"高峰乡舌觉村苦沙比告诉笔者。

彝族修瓦板房时还有一些鲜为人知的习俗。修一间瓦板房,一般准备两三年,然后选择吉

金阳彝族特色的瓦房

祥的日子,请邻居和亲戚朋友帮忙到森林里劈撕瓦板。早上妇女煮荞粑粑时,拿出来的时候不能竖放,竖起来放了,男人们到森林里砍大树时,树不会倒在地上,就会有许多麻烦事,不顺利。到森林里劈撕瓦板要几天几夜,必须先准备好干粮,干粮基本上都是已经煮好的荞粑粑或者炒面。以前彝族一般背干粮都是用羊皮口袋背的,如果路上口袋绳子断了,就不吉祥了,意味着将要出事,有人受伤或者死亡,因此知道这些习俗的人就会直接返回来，下次再去。还有修瓦板房抽土墙到最后时，彝族妇女都不能背泥巴上去的，妇女上去了意思是不吉祥如意，不富裕，不健康；妇女连木杆、瓦板那些都不能跨过。

2010年，凉山启动彝家新寨建设，实行综合扶贫开发，进行统一规划、整村推进，加强村落基础设施建设和产业扶贫，从根本上改变彝区贫穷、落后的面貌。

截至2016年12月底，凉山州投入新村新寨建设各类资金88.3亿元，建成新村新寨576个，其中安宁河谷新村260个，彝家新寨281个，木里藏族聚居区新村35个，覆盖农户65007户。

千百年来，我们彝族祖祖辈辈都住瓦板房，它凝结着彝族人的智慧，象征着彝族人的性格——简单、质朴而又坚强。随着生活水平的提高，而今好的政策使我们彻底远离这种简陋的瓦板房，但是民族的性格依然深深地烙印在每个彝族人的身上。这是社会发展的需要，更是彝族农民的需要，就让瓦板房成为历史吧，而我们要做的便是铭记这段历史，然后以一个彝族人的精神去开拓更美好的未来。

别了，彝族的瓦板房！

来吧，幸福的新生活！

金沙江大峡谷,看不够的惊险奇绝

贾巴尔且

金沙江大峡谷是世界上著名的大峡谷,以惊险奇绝著称,也是中国最美的十大峡谷之一。四川金阳的金沙江大峡谷,它没有长江三峡那么闻名遐迩,没有峨眉那么隽秀婀娜,但它以独特的风韵吸引着越来越多的人,令人百看不厌,流连忘返。

金沙江流经金阳境内98.8公里,江两岸奇峰突起,绝壁千仞,千姿百态。有的绝壁高耸入云,抬头仰望,直插云霄;有的绝壁瀑布飞流,势如奔雷,声震山谷,形成了一道雄奇、壮观的大峡谷风景线。

最好的大峡谷在金阳县对坪镇西南20公里

处，素有"不是三峡胜三峡"的美誉。深秋时节，我和几个朋友从对坪镇沿着金沙江逆流而上，汽车缓缓地朝金沙江大峡谷开动。半个多小时后，转过一个大弯，从车窗口向前望去就可以看到很多峡谷山峰。远处的山上长满各种树木，一片郁郁葱葱，芊芊莽莽，峡谷周围的山峰千奇百怪，形状万千，有的像静坐的和尚，还有的像仙女下凡。

山顶一景，如卧睡少女，丰满而美丽。一股小溪从她身上沿着山形潺潺流下，隐隐约约地露出一条银色的丝带，夺目耀眼。时而流进森林里，时而冲上天空，起起落落地流入金沙江。而半山腰上的一间间民房像一朵朵鲜花，房屋上空飘着袅袅的腾腾的炊烟，有牧民生活气息点缀，风景更加美不胜收。金沙江对面是一座几百米长的"长城"，岸上寸木不长，就像一块被切下的豆腐，死死地厮守着金沙江。西溪河大桥犹如一条美丽的彩虹，头伸向滚滚而来的金沙江。

车停在西溪河大桥边，大桥上边又有一条西溪河峡谷，峡谷两岸，悬崖绝壁，奇峰挺立，碧水如镜，青山绿水，倒影翩翩，两崖景色犹如百里锦绣画廊，奇形怪状的山峰高达数百米，而河面宽只有几十米，就像利斧劈开了崇山峻岭。抬头仰望蓝色的天空，只剩下细细的一条，似乎一掌伸出可把天遮住。石峰上生长着茸茸的灌木和小花，远远看去，像美女身上的衣衫。瞧，石崖中间冲出一股泉水，瀑布飞奔又冲下山崖，犹如一条白练于天地之间，使人想起那"飞流直下三千尺，疑是银河落九天"的千古绝句。

桥下有一条小河奔流进金沙江，河水清澈，溪水潺潺，虽然离桥有几十米远，但还能看得见河底向我眨眼的鹅卵石，河边成群的牛羊悠然自得地吃着青草，空气中弥漫着花的芳香，真叫人心旷神怡。微风轻吹来，河水在阳光的照耀下，波光粼粼，好像仙女洒下几万颗珍珠似的，令人大饱眼福。人们你来我往，三五成群地看着这美不胜收的景色，谈笑风生。

金阳境内还有一个很神秘，让人很惊奇的虎跳峡，一般几百米宽的金沙江流到此段形成回水，整个江面被一块巨石占领，由于千百年来金沙江水不停冲刷，使这块巨石形成了三条大沟，流着三股水，远远看去形状酷似"川"字，当地人叫"川河"，也叫"拉且德"（彝语，意为老虎跳过的地方）。几年前，我亲自丈量过金沙江，由于是枯水季节，只剩下一股了，江水湍急奔腾，涛声如雷，浪花飞溅，惊心动魄。我捡了一树根，用准备好的细绳拴上，多次甩到对岸，再轻轻往回拉，把树根拉到岸边，然后从这边作上记号收线丈量，结果简直不可思

金沙江大峡谷

议,江面只有 12.8 米。而今因为溪洛渡水电站,这个堪称金沙江上最狭窄的"虎跳峡",永远埋藏在水中。

金沙江上还有明清时代开辟的水运栈道,曾有最原始的跨江土索道,有中国最短的南水北调工程——跨江引水工程,有数百个地球上

金沙江畔的"天路"

实属罕见的"天坑群",还有雄伟壮观的通(云南省昭通市)阳(四川省金阳县)大桥,这些都是一道道靓丽的风景。特别是溪洛渡水电站建成以来,金阳县境内的金沙江大峡谷水位上升,风光旖旎。轮船从雷波县直通金阳县,加上今后宜攀(宜宾—攀枝花)沿江高速公路的

金沙江大峡谷,看不够的惊险奇绝

开通，金沙江大峡谷将成为观光旅游胜地。

金阳得益于大自然的恩赐，有着独特的自然景观。每座山都展示着如诗如画的旖旎风光，每道岭都洋溢着温馨醉人的情韵，每条河都流淌着神奇古老的故事。

金阳是兹莫（土司）贵族阶层统治延续到少数民族地区社会改革前夕的地方，是彝族苏尼文化的发祥地之一，是凉山地区彝族婚俗、传统节庆保持较为完整的地方之一，是已故的著名彝族爱国人士、民革中央副主席龙云的故乡，古老的彝族部落——阿伙延绵至今。境内自然资源富集，风景秀丽、独特。有"百里草原、百草滋生、百花齐放、百木葱茏、百溪成河、百鸟齐飞、百兽出没"的省级自然资源保护区百草坡，有一望无际、品种多样的十万亩索玛花海，有飘渺缭绕的波洛云海，有绝壁千仞、雄奇峻秀的百公里金沙江大峡谷，有悠久的历史文化遗迹,有浓郁独特的民俗、饮食文化,有闻名全国的地方特产青花椒、白魔芋……

独具特色的自然、文化资源构成了金阳靓丽的人文旅游景观,如果你到金阳,不到这些地方走走看看,感受别样的民族风情,领略纯净自然风光,绝对会抱憾终生。

从简阳走进会理煤矿

蒋元顺

四川会理益门煤矿,坐落在四川省会理县益门乡中村,1958年建矿。这里属于高寒山区,当地流传着这样的话:"热摩梭,冷白果,益门下村烤炭火。"气候四季分明,降雨充沛,森林覆盖广,植被保护较好,物产极为丰富。名产有山珍红花椒、青杠木耳、白木耳、野生香菇、松茸菌、大脚菇菌。水果有柿子、花红、李子等。

1986年以前,益门河生长一种"白鱼",肉质细腻,口感特别好,成群生长,重约一两斤,是天然美味。益门河水质好,还生长一种红尾巴钢鳅鱼,长二三寸,繁殖力强,河里青

益门煤矿矿部大楼

苔下,伸手便可抓到,烹饪后鲜美可口。

益门煤矿,地质结构复杂,煤炭储藏量大,煤田绵延十多公里,但是原煤中夹有岩层,所以不利于大中型机械综合开采,且成"锅底形"趋势,越向地层下,原煤形成面越小,当地人形象地称之为"鸡窝煤"。

益门煤矿在四川小有名气,据《益门煤矿志(1958—1985)》记载:1368年,明朝洪武年间,此地"即有土人开采。初时矿山遍野是煤，采掘极易"。1914年，中国地质学家丁文江来会理考察矿产资源，在益门煤矿对煤矿标本作分析研究，取得重大发现；1933年，地质学家阮维周到益门煤矿进行地表调查，并编写报告。

我父亲蒋遵义，是凉山州益门煤矿的退休职工，今年84岁。1958年，建矿初期，四川全省掀起"大跃进"的热潮之前，我父亲还在

益门煤矿建矿初期的老矿工

老家四川简阳县（今简阳市）三星洪元农村种地，在"三线建设"大会战的政治热情鼓舞下，大西南的工业建设项目热火朝天地开展起来。"西昌是个好地方"，这是当时文艺工作者编写传唱的歌曲，父亲和一百多个家乡（姓蒋的居多，蒋姓的"延"字辈居多）青壮年，放下手中的农具，一根扁担挑了破烂的被子、几件换洗的单薄衣服、二十来斤路上吃的口粮，一行人从简阳步行了三十一天，行了一千五百多里路，历经了不少艰险，终于到了当时的西昌专区，然后又统一分配到偏僻的益门煤矿，为生产中国工业的粮食——原煤，当了一名矿工，抓革命促生产，一干就是三十三年。在这个会理县境内益门乡中村四组大山中的"夹皮沟"成家立业，现在是四代人，一大家亲人有三十多个，父亲是为"三线建设"尽心尽力尽职、不惧劳苦的煤矿人。

和父亲一起来的家乡人，有好几个，就是因为在煤矿生产时垮塌、冒顶、穿老塘水等事故中牺牲，永远安眠在了益门煤矿苹果园烈士陵园。

父亲对我说，当时从家乡来时，最大的愿望就是能够吃饱饭，有衣穿。他们甚至扛了锄头，担子里挑有镰刀，想来西昌耕种，插秧苗、打稻谷、种玉米，期望有个好的收成，做个丰衣足食的人。说实话，像父亲一样的从四川资阳、简阳、南充、武胜等地来的农村青年，他们并不知道"三线建设"在当时的重大政治经济意义。

国家急需原煤，火电站、钢铁厂、砖瓦窑、民用，甚至火车也是原煤烧炉子的"蒸汽式"火车，国家建设发展，各行各业急需原煤。

当时的条件十分艰苦，流行的政治口号是："有条件要上，没有条件，创造条件也要上！"

矿工劳保每年有一套工作服、胶鞋、皮带，还有帆布手套、高筒矿工雨鞋、棉背心等。生活一年到头是煮黑豆、玉米蒸馍，居住的是用稀泥和石头垒的低矮潮湿，本地居民称之为"干打垒"的土房子。从井下归来，一身煤灰，认不清谁是谁，只能看见两个眼珠在转动，还有白森森的牙齿，没有澡堂，只好用脸盆洗澡，一盆、两盆、三盆、四盆、五盆、六盆，洗出来的水如墨汁，身上自然洗不干净，只是把身上多的煤灰洗了，少的仍然粘在皮肤上，成为当地人眼中"挖煤汉"的烙印。

我小时候最爱去的地方，是父亲从井下巷道推木板矿车出来的井口旁的"烤火棚"，按时去，等"送馒头的人"挑着两大筐"班中餐"来，父亲省着吃，凭票给我们三个小家伙都买一个一斤半重的大馒头吃。这竟然在我几十年眼里和心里，是世界上最美味可口的食物。现在退休的我,常在梦里想吃大馒头。那时候一个一斤半重的大馒头,有小麦面粉高温蒸熟了的喷香味道。懂事的大姐、二哥,总要从他们的馒头上,掰一小坨,用报纸包好,拿回家给饥肠辘辘的外公外婆吃(我父亲与当地人结婚,按风俗是"上门",且儿女必须跟母亲姓,六七岁上学了才改回来跟父亲姓)。

我父亲从潮湿又危险的矿井挖煤回到家,唯一的爱好,就是每天喝一两杯没有下酒菜的"寡酒"(所谓"寡酒"在我们会理益门地区就是指只喝酒,没有下酒菜),直接喝跟斗酒,很容易醉人。后来日子好一些了,父亲喝酒有了炒花生、米花糖、麻花等下酒菜,但这些食品,都被眼馋的我和六兄妹全部分享了,父亲也只能笑眯眯地看着我们吃,像老猫舔着小猫仔一般,高兴地喝着小碗里的"寡酒"。

1976年,唐山大地震后,许多地方都在

益门煤矿职工住宅房

"躲地震"。躲地震并不是逃去别的地方,是"搭地震棚"。父亲从山上砍了竹子,找来一块空地,搭建"地震棚"。下班后,就在"地震棚"旁的荒地上开荒种菜。他种的南瓜,特别好吃,嫩南瓜一家人吃不完,就拿到菜市去卖,老南瓜到了秋天,一个有二三十斤重,菜刀砍涩滞刀,这样的老南瓜蒸熟特别面,香甜可口。

一大家子在"地震棚"一住就是七年。后来才搬到矿山单身宿舍,挤在一间三十多平方米的房子,住了九年。我大姐结婚安家,才找到两间稍微大一些的泥巴墙房间。

我父亲为了"三线建设",少年离家,老大也没能回家乡,乡音已改鬓毛衰,岁月如梭,人生青春,几十年峥嵘难忘岁月过去,现在已经是年迈步履艰难之人。

2017年,我女儿从四川大学毕业,应聘到北京工作时,女儿的姥爷拉着她的手,双眼润湿说:"蒋家人不要忘本,我们是来参加'三线建设'的煤矿工人,你大学毕业虽然去北京工作了,但永远也是煤矿工人的后代!"

女儿常打电话给我们:爸、妈!姥爷!你们放心,我会像你们一样,勤奋刻苦努力工作,会给你们争气!争脸面!有时间我就会回来看你们!过两年等我安定下来,爸六十岁的生日时,我要和爸爸妈妈一起,坐飞机去北京看天安门广场升国旗,参观故宫和毛主席纪念堂。

　　历史不能忘记!我们一家为父辈曾经为"三线建设"出过力、流过汗、吃过苦、受过伤、做过贡献而骄傲!

方言没了,还有会理的故事吗?

蒋元顺

四川省凉山州有个会理县。在西汉武帝元鼎六年(前111年)置县,名"会无",会理县有着几千年古老的文明。汉唐时期,不少文人和官员被贬谪发配到邛都及会理一带。县城建在龙肘山余脉的台地上,说是司马相如流配西南时所建。

近几年,我们夫妻到我的小妹工作的重庆,侄儿工作的广东东莞,大姐居住的云南丽江这几个城市去旅游闲逛,觉得还是生我养我的一方水土,生活了近60年的老地方好。于是就回到凉山,在西昌定居了下来。最近受文友邀请,参加笔会和采风活动,去会理,在县城"美食

会理城门洞

方言没了,还有会理的故事吗?

一条街",发现有家馆子招牌取得很有浓郁的地方文化特色——石锅鱼有点"拽"(读 zhuai 音)。这"拽"字,是方言,意思相当于四川方言里扯巴子、有意思、有特色、不一般的意思。

回到旅馆住下,晚饭美食吃得太多了,不消化,就坐在桌前,手机播放着理查德·克莱德曼的钢琴曲,回忆起我经历的几十年前会理本土方言的一些趣事来。

煮羹羹

1973年,我在读小学五年级,我大姐和姐夫那年结婚。我姐夫的父母,住在会理县城小北门外"老街子",属于当时的"县蔬菜队",专门种植蔬菜,供县城人一日三餐。学校放假,我和要好的同学,在益门煤矿搭了运输煤的货车,到县城看"西洋镜",逛风景,实现吃会理名小吃——熨斗巴、稀豆粉、三鲜饵块丝、肉丝面条——的梦想。

　　白天和同学在城里东西南北几条小街上疯了一整天，傍晚时才一路问到亲妈、亲爹家（会理人对姐夫父母的尊称），已经是过了吃晚饭时间，亲爹张罗要给我打荷包蛋下挂面，有点抠门小心眼的亲妈反对说："就要睡了，吃太饱不消化。"亲爹只好难为情地去给我热洗脚水。一旁的亲妈又有些过意不去，毕竟我漂亮的大姐

会理风味小吃

刚和她儿子结婚不久,她搭讪说:"要不我给你煮一碗清汤点的羹羹给你吃,不胀肚子,又容易消化。"

我一脸的疑惑:会理土生土长,七十多岁的亲妈所说的"煮羹羹"是什么样的食物?我一头雾水,这时我看见墙角堆了不少从菜地里挑回家来的白菜,为了保持水分,第二天大早才砍去菜根,这样才会更新鲜,好吃,买菜的熟人才会天天来买。我便认为"煮根"就是用老菜根洗净熬水,便是所谓的羹羹了,我才不吃呢。心里气得要命,城里人也太抠了,这抛弃之物,居然用来招待客人!

一气之下,我上楼去睡觉,赌了一年的气,不理姐夫一家人。后来我从家住会理县城的同学妈妈那里打听到:老一辈会理人所说的煮羹羹,其实就是面糊糊。

死花花

1975年,我的老家,会理县益门公社一大队四小队,就是现在的益门乡中村四组,还有上山下乡最后一批成都、重庆知青。知青的"集体宿舍"就在距离队里牛圈不到一百五十米的破旧房子里。这些知青都是十七八岁,二十岁不到的小伙子、大姑娘。他们从成都平原和山城重庆,来到我们西昌专区会理县益门公社山区,还把"麦苗"认成"韭菜",连上山砍烧火柴也不会。但是他们嘴巴甜,特别会说话,喊当地人"大爷婆婆叔叔娘娘大哥哥大姐姐小妹妹小弟娃"喊得巴巴适适。知青中的几个姐妹,就去邻居大嫂家聊天,给她摆大城市里的新鲜事,教大嫂织毛衣、围巾,吹口琴给她听。一来二往,邻居大嫂和几个知青姑娘关系就处得相当好。一晃到了寒冬腊月,冷风吹刺得人骨头痛，会理就流传这么一句话："热摩梭，冷北果，益门下村烤炭火"。冬天没有柴火取暖，晚上会冷得睡不好安稳觉。

好心的邻居大嫂见知青点的大姑娘屋里没有烧火烤的柴，就冒着冷风上山砍了一大背架子（像背篓，只有几根木条固定好的背重物的工具），背到知青屋里送给她们。女知青感激她寒风中送来柴火，用保温水瓶里的开水化了一大碗红糖水给她喝。临走时，邻居大嫂打趣说："几个死花花，这背架子柴烧完了，你几个砍老壳的费气拔力的各人去砍！别给你们将就成剥削人的地主家大少爷大小姐了！"

几个女知青听了邻居大嫂的土话方言，弄不明白是什么意思，但从语气和字面上她们猜，邻居大嫂嫌她们太懒了，所以骂她们。女知青们误解了邻居大嫂的本意，也就不再怎么来往，互相冷漠了。

隔哈哈儿

下乡知青在农村待了几个月后,生活渐渐习惯,也基本每天能够参加生产队挖地、铲草、耕田修堤、插秧苗、收割、修路、放牧牛羊等劳动。男知青在农忙后闲来时,就约本地人一起上山砍柴,但对会理农村的方言土语,他们仍然不适应,一时丈二和尚摸不着头脑。

一次几个男知青约了本地的几个后生,一起上山砍柴。由于当时"毁林开荒""乱砍滥伐"严重,上山砍烧火柴要爬几座山,翻几座岭,磨得成都、重庆来的男知青们脚板起泡,痛得龇牙咧嘴哭爹喊娘。本地后生砍的全是小碗粗的杂树和松树棒,一背架子差不多有一人高,一百二三十斤;而男知青几个,累得倒在地上,不想站起来,只好在山坡上捡一些小干柴棍。有的甚至捞一小捆干松针了事,被当地人称作熛（biāo）火柴，不经烧，一燃就成灰烬。要到中午12点，才准备回家吃早饭。临下山了，本地后生中气十足地对着对面山沟招呼同伴，他们大声吼，声音拖得老长："老表些——回家——吃饭——啰！回家——吃饭——啰！哥几个——回家——吃饭——啰！"响亮雄壮的呼喊声要传一两座山。几个男知青捆了十多二十斤熛火柴，准备下山。当地后生雄赳赳气昂昂地对他们说："你几个前头走，我们几个隔哈哈儿（短时间的意思），给你们杀起杀起的来！"几个男知青一头雾水，不知道这是啥意思。一起来的回乡知青，笑着向他们翻译解释说："他们说，怕你们下山跟不上，让你们先走，他们一路小跑就赶上你们了。"

你摸起来耍哈

男知青们大多数十八九岁，正是向往爱情

的年龄,有的男知青就主动和当地女青年接触。这些城市来的男性穿着光鲜、说话咬文嚼字,皮肤白净、个头高,爱干净讲卫生,又会画画、写大字报,又会吹口琴、唱歌,每天早晚都要刷牙,确实很吸引农村姑娘的芳心。

男知青们主动去队里有漂亮姑娘的农户家串门,主人都会热情接待。在堂屋(客厅)火堆烧上柴火,挂上铁吊锅,煮老腊肉、杀鸡、煎鸡蛋、去供销合作社买酒招待他们。待男知

会理民房

青酒足饭饱,天已擦黑了,主人家便送出门,临走时姑娘出于礼貌,也会大大方方地说:"你慢慢走哈!明天事情忙完天黑摸了,你摸起来耍哈!"男知青听了这话,似懂非懂,误解了本地姑娘话的意思:天黑了,走慢点,要是明天有时间,天黑忙完了事,欢迎你再来玩。这些男知青大多第一次谈恋爱,误以为是本地姑娘随便不检点勾引的意思,吓得匆忙离开,不敢再轻易上门。

一个地方的土话、方言,反映了地区的风土人情和历史文化,土话方言幽默风趣、妙趣横生,是几十年上百年约定俗成的,是我们历史文化星罗棋布的根系之一,是远离家乡千万里,人在他乡魂牵梦萦的"乡音",给外面家乡人一生念想的"乡愁"。听到家乡话,两行泪尽情流。

我时常在想,一个地方如果方言消失,是好还是不好?

又是九月,大凉山苦荞黄了

萨古曲惹(彝族)

8月,约几名摄影师,行走在四川省大凉山美姑县山村采风,被沙洛村的苦荞景色所惊呆。蓝天,白云,金色的苦荞地夹杂着白色的燕麦地和挖收土豆后的黄土地,四周的山丘各式各样,从你面前重重叠叠消失在天边。秋收的彝人们三三两两分布在不同颜色的地块上,立在身后的圆锥体荞堆密密麻麻,很是气派,地埂边点缀着一匹或两匹不同颜色的运荞马,人们有的割、有的打、有的筛、有的运,偶尔在他们的身边惊飞出一只野鸡、鹌鹑、云雀什么的。放眼望去,他们就像在天宫上作业,不管你怎么拍摄都是一幅油画。

苦荞地一景

每年7到9月是大凉山彝人收割苦荞的农忙时节,那金黄色的荞地和收割苦荞的彝人形成了一道大凉山特有的风景线。大凉山彝人历来爱苦荞、崇拜苦荞、种苦荞、吃苦荞,二半山以上彝人的主食都是苦荞。苦荞与大凉山彝人有着不解的渊源。大凉山流传着《苦荞之源》《苦荞的故事》《苦荞之歌》等许许多多不为人知的故事。

一首流传在美姑民间的《苦荞之歌》这样唱道:"在那纳古衣达,苦荞撒下地,生长绿油油,荞叶似斗笠,结粒沉甸甸,荞籽堆成山。

老人吃了焕发青春,小孩吃了美丽健长。小伙子吃进手里,动手如刀;吃进脚里,走路如飞。姑娘吃进双眼,眼睛明亮有神;吃进头发,头发黑又长;吃进手里,指如嫩笋;吃进腰身,腰身如柳枝,容貌好似油菜花,醉迷多少男人心。荞啊荞,彝区之荞,养育之荞,健美之荞。"

苦荞就这样养育着一代又一代的大凉山彝人,健美着一代又一代的大凉山彝人。

"人类社会母至尊,各类庄稼荞至贵,"坐在荞地边吧嗒着烟斗的沙洛村民惹吉达夫老人说,"苦荞是上天恩赐彝人的食品和敬献品,可以生吃、熟吃,可以做成荞粑、荞饼、荞沙、荞饭、荞粥等。当一个小孩呱呱来到这个世界,彝人们接待他的第一顿饭是苦荞。当一位老人默默离开这个世界,人们送别他的最后一顿饭是苦荞。当一位姑娘出嫁,来到婆家第一顿吃的是苦荞,第一天垫座的是苦荞秆。一家人的财路顺利,要用苦荞沙敬拜;闹心事不断,要用苦荞沙拜顺。小孩第一次剪头发要做苦荞沙,绵羊避暑归来要做苦荞沙,牛马生产要做苦荞沙……苦荞是大凉山彝人的物质食粮,也是大凉山彝人的精神食粮。"

说着老人铺开一张白色的大编织袋,叫女儿阿依抱一把前几天割下的苦荞放在上面,老人用一根木棍轻轻击打了一下,"哗——"一声,荞粒奔落在编织袋上,那轻松的动作和哗然的声音和谐、悠然,促使大家丢下相机,跟老人争着试一把,却个个都把荞粒打飞出了编织袋,打不出老人的那种和谐、悠然。老人诙谐地说:"这不是打铁,这么打明年的种子都剩不下几粒了,打荞就要把好力度,把好击打的部位。"

三下两下,达夫老人和阿依打出了一大堆荞籽,混杂着少许的荞叶和碎荞秆,阿依合并双手把荞籽捧进筛子站起身来筛,达夫老人一

晒干的荞垛

边"啸"着口哨招风,在两人的合作下,碎荞秆留在筛里,荞叶顺风飘去,荞籽落在编织袋上。达夫老人说:"彝人收荞从不用风机,都用自然风,招风有两招,一是吹口哨,二是放烟,前者招小风,后者招大风,甚至伴雨来。"

父女俩把干净的荞籽装进口袋里,让马驮走。大家继续追逐美丽的镜头,寻听苦荞的故事。

"收荞期间让人记忆犹新的是欠瞌睡。"沙洛村村会计俄木依体说:"收荞的时间比较讲究,

又是九月,大凉山苦荞黄了

割荞必须在晴天的10点钟之内，超过了10点你一割就落荞粒，若是雨天割收，过不了几天，荞粒就在荞堆上发芽。过去，割荞人必须凌晨两三点钟起床，备着干粮，在月光下摸着割，现在经济条件好了，家家都购买头灯，戴着头灯割，方便多了。打荞就要在10点以后，让太阳把荞堆晒干，打起来省力，这样打收起来的荞籽存放多少年都不会变质、生虫。收荞的时间不能拖延，超过了收割时间就落荞籽，荞秆断倒，影响收成。收荞期间不走亲，影响收割，但今天我请你们到我家，让你们品尝品尝沙洛村的荞粑，我们的苦荞粑清香甘甜，不像二半山以下的荞粑苦味重，现在的城里人可喜欢吃了，有的客商还步行到村里来收，说是治胃病什么的。"

看着眼前的美景，我们还是决定放弃到达夫老人家品尝荞粑的美事，抓紧拍摄这难得的景

收荞人家

又是九月,大凉山苦荞黄了

色,直到把胶卷和电池用尽才心有不甘地离开。

据现代临床医学观察表明,苦荞麦面具有降血糖、降血脂,增强人体免疫力,疗胃疾,除湿解毒等功效,对糖尿病、高血压、高血脂、冠心病、中风、胃病患者也有辅助治疗作用。

美姑街头苦荞面粉加工店店主阿呷莫说:"这些年苦荞越来越被城里人看重,北京、上海、成都等地的客商都来订货,供不应求。"

带上嘴巴到彝家来过年

萨古曲惹

山上的树叶黄起来了

屋里的粮食堆成山了

过年的日子就要到了

小孩乐得跳起来了……

（2017年）11月以来，阿西阿妈收拾好家务后，乐滋滋地轻哼着这首民歌，仰望着从村口伸向山外的那条路，等待远在广州打工的两个孩子——乌合和阿果回家过年。

阿西阿妈是美姑县木坡洛村人，一家四口人，和其他家庭一样，子女常年在外打工，平时在家里的就是她和老伴阿西阿普。生活在这里的彝族人们一年就有过年、儿童节、牧羊节、

阿西阿妈

尝新节等十来个神奇、美妙的节日,常年沐浴在节日的欢乐之中。

过年是美姑彝人特别隆重的节日,也是美姑的国家级非遗保护项目之一,每当公历 11 月 20 日左右,他们就选定一个吉祥的日子来过年,喜庆丰收,洗除邪恶,迎接宾朋,开启美好未来。无论男女老少,他们总是盼望这天的到来。

木坡洛村今年的过年时间选定在 11 月 22 日。

乌合和阿果兄妹俩为了多挣两个钱，21 日晚才到家。"啊波——！这两个孩子，明天就过年了今晚上才到家，差点把我急坏了！"阿西阿妈盼子女回家过年的心情尚未平静。

其实，阿西阿妈和她的老伴才五十出头，身体还比较硬朗，干什么农活都不在话下。两老早就把积柴火、磨刀具、编制各种草垫、清扫家屋、清洗餐具等年前的准备工作都做完了，就是想早日见上自己的子女，因为孩子们在外打工，一年只有过年时才回一次家。

我和北京来的李军摄影师也当天晚上赶到阿西阿妈家过年，主要目的就是拍摄彝历年。一落座，阿西阿妈一家轮流敬来燕麦酒、白酒和啤酒，还捧来乌合和阿果兄妹俩带来的糖果。李军在阿西阿妈的劝说下喝下了一碗从未吃过的燕麦酒，5 分钟后，不胜酒力的他倒下了。人在一边，相机在一边，完全不知道自己是来摄影的，我的双眼也开始出现重影。

美姑彝人称过年为"库史"，除夕之夜称"久洛基"，按家庭条件拿年猪、拿年鸡、煮豆腐等。阿西阿妈家原本准备了一头300多斤重的猪，但乌合和阿果兄妹俩天黑才到家，改成了拿年鸡。阿西阿普和乌合父子俩一人抓着一只鸡，使劲一捏，两只鸡就断了气，随即把两只鸡丢进火坑里烧，等到了一定温度时开始拔毛，父子俩翘着嘴，边吹边拨边烧，动作轻松自如。把鸡肉砍成一两左右的肉块煮，加些阿西阿妈早已备好的豆腐，简单加点盐、花椒、海椒等作料，一盆香气四溢的豆腐鸡端了上来。我用相机跟着记录流程，却因被酒精麻醉，多数照片都模糊了。

李军闻着香气正醒来。"饭菜简单，肯定不合你们的口味了，特别是北京来的客人，选点吃，晚上饿了睡不着觉。"阿西阿妈一家不停地给我俩夹肉夹菜。

李军握着一只木勺，盯着面前的豆腐鸡和玉米粑不知如何下手，悄悄对我说："没有碗筷吗？"

我说用不着碗筷，这木勺是万能的，并给他示范了一番，他才开始试着吃起来。李军虽然是第一次试着吃彝族餐，但看得出他的胃口并不差，他轻声对我说："老哥，一口玉米粑、一口鸡肉、一口豆腐、一口鸡汤，太香了！这是我有生以来最美的一顿晚餐。"

晚饭后，品着燕麦酒，围坐在火塘边聊天。"阿达阿妈你俩幸好让我俩读了点书，不然，不要说到广州挣钱，路都找不回来。有知识人干的是轻活，钱也挣得多。"乌合和阿果兄妹俩滔滔倒出山外世界的精彩故事，和打工日子的酸甜苦辣，但为了第二天早点起来拿年猪过年，只好不舍地上了床。

"起床了,乌合,准备拿年猪啰。"

睡梦中被阿西阿普叫醒。起身一看,阿西阿普在准备刀子和猪绳什么的,阿西阿妈和阿果在做年粑。年粑有苦荞粑、甜荞粑、玉米粑、米粑,二两大小,有不少小鸡、小猪、小狗等动物塑像,逗得孩童们爱不释手。我和李军赶紧抓着相机开始记录,此时,外面的天还是黑的。

等年粑煮好时,帮阿西阿普家拿年猪的队伍到了。来者都是阿西阿普家的侄子和兄弟,是家族性的队伍。阿西阿普家是两兄弟,拿年猪按传统从辈分高的那家依次开始,阿西阿普是老大,要先拿他家的。

阿西阿妈和阿果给队伍敬上美酒后开始拿年猪。阿西阿普家是头300多斤重的大黑猪,天天在山野里撒欢,特别有劲,五六个汉子被

拿年猪

它拉着满地跑,好不容易才把它压翻在地。阿西阿普家之后,拿年猪队伍开始走向了老二家……

不多时,寨子里的猪叫声此起彼伏,烧猪烫猪的火堆星星点点,寨子沸腾起来。阿西阿普和乌合把几家的猪都拿完了才回来打理自己家的猪,先用水把猪毛烫光,再用蕨基草烧。蕨基草的火力特别旺,把猪皮烧得吱吱作响,没几下,猪皮就变得黄澄澄的,看上去特别匀起人的食欲。

"这猪皮肯定很香。"李军忍不住说。我说，肉也不错，这是吃绿色食品的跑山猪，不像大城市关在笼子里用饲料催出来的。

阿西阿普和乌合庖丁解牛一般，把300多斤重的猪解开了。按传统占卜了苦胆、尿泡和脾，看看来年的风水。"啊波！又将是一个家人安康、财源滚滚、五谷丰登的新年。"

"是吗！我来看看！"阿西阿妈闻声跑来观看，乐滋滋地用大锅煮上了心、腰、肝、舌和一些瘦肉。起锅后，阿西阿妈用两个精美的彝族餐具盛上肉、小粑和汤，再放上两个木勺，端在火塘上转一圈，念念有词说："嗖！——嗖嗖！神祖在上，保佑家人，幸福安康，五谷丰登，六畜兴旺……"并放在内屋的储藏柜上祭祖。

祭祖完毕后，阿西阿普先尝一口汤，再把

肉、粑、汤一一端给李军和我,说:"真对不起!顾着拿年猪,让客人饿着了,特别是北京来的贵客。"

"没事,只要拍照,一天不吃饭都没问题。"嘴里这么说,我和李军都是按时吃早餐的人,要到10点了,不饿是假的。阿西阿普一上肉和粑,我俩开始一手一个粑,一手一块坨坨肉,狼吞虎咽起来。李军吃着一块带皮的肉说:"这肉太香了!尤其是皮,厚、脆,越咬越香,太享受了!"

饭后,阿西阿普家分成两个组,各自忙开来:阿西阿妈和阿果抓紧在"波良"(拜年)队伍到来之前装完香肠;阿西阿普和乌合抓紧腌制腊肉,以便参加"波良"(拜年)队伍去四处"波良(拜年)"。

"嗨噫!'波良'(拜年)!"

"阿西阿普家过年吉祥?!"阿西阿普刚忙

带上嘴巴到彝家来过年。

开,一群青年"波良"(拜年)队伍来到了阿西阿普家。

"吉祥!吉祥!快进来喝酒!"

阿西阿妈和阿果丢下手中的活去敬酒端肉。每个人都品尝了酒,却没人尝肉。

"乌合,你带客人去'波良'(拜年),肉我来处理。"乌合早等着阿西阿普的这话了。乌合把李军和我带着参加了这群"波良"(拜年)队伍,在寨子里一家一家地"波良"(拜年)。每进一家,主人都热情地给我们敬酒献肉。每家的酒肉都有它特有的味,但酒量和饭量都有限,每进一家都只敢品尝一口,然而,数量的积累还是让人醉眼蒙眬开来。

在拜年路上,调皮的男孩们总抽点时间来摔跤取乐、比勇,给我们的镜头添彩。

"波良(拜年)!——"酒精让李军也开始手舞足蹈起来,几乎忘了他是专程来拍摄彝历年的,照相机挂到乌合的颈上去了。

踏着夜色回到了阿西阿普家,一落座,我和李军倒在草堆上就呼呼睡着了,那夜比睡在席梦思上还香。

"起来吃饭了。"睡梦中被乌合叫醒,阿西阿妈和阿果准备了一顿玉米粑和豆腐炒肉,其香味难以言表。

饭后，寨子里的孩子们集中在阿西阿普家屋后一棵核桃树下新年聚餐，彝语称"阿依什仁"，特邀阿西阿妈给他们分餐。每个孩子都带来自家的肉、豆腐和小粑，阿西阿妈把所带的都集中在一起，切割成小块，从中取点样来先祭拜核桃树，祈求核桃树显灵，保佑孩子安康成长、前程光明，然后平均分到每个人。孩子们的脸上都堆满了笑容，分得什么对于他们来说并不重要，重要的是来分享这一传统。

参加了孩子们的新年聚餐，我和李军商量，给阿西阿普家人告个别，就回城了。阿西阿普家又给我俩准备了一大锅坨坨肉。饭后，采访了阿西阿普，他说彝族过年分为准备、过年和访亲三个阶段。临近过年一个月左右就开始选定日子，组织年货，做好准备工作。过年阶段为三天，这期间不得熄灭烟火。第一天，拿年猪；第二天，儿童新年聚餐；第三天，送祖；

第四天后,小辈背肉访长辈。

阿西阿普说,彝家过年还有个古老的传说。相传在远古的时候,大地上的蟒蛇非常凶猛,它以人和其他动物为主食,人和飞禽走兽被它吃得日渐稀少。

一天,彝族英雄支甘鲁不顾生命安危,带上一只鹰和一条铜绳,教训了蟒蛇,并与蟒蛇约法三章,从此不准它吃人。蟒蛇改变了主食,人和其他动物终于兴盛起来。每当此时,人们就杀猪宰羊纪念,久而久之成了当今的过年。

我和李军不舍地离开了木坡洛村,回头远望,寨子里依然回荡着"嗨噫!——'波良'(拜年)!——"的声音。

路上,李军说:"在彝家过年,不论什么民族,不论大人小孩,只要带上你的嘴巴,就会有享不尽的美酒和香肉。"

罗木呷人，守护着最后的瓦板文化

萨古曲惹

罗木呷是四川省美姑县的一个自然村落，位于国家自然保护区美姑大风顶山脚原始森林边，距美姑县城80多公里，辖4个村民小组，106户，474人，居住着比者、阿维、马海、曲比等家族。相传在远古的时候，有位叫罗木呷的猎人在此地狩猎，发现有山有水，有森林，有草原，地肥，是个安家落户的好地方，就落户此地，开垦狩猎为生，进而发展成了当今的罗木呷村。

居住瓦板房是罗木呷人不愿舍弃的传统。房屋均为"人"字顶，土木结构，屋顶覆盖着杉木瓦板，排列有序。每一节瓦板约4.5尺长、

1尺宽，上面压置一横条，横条上相距3尺左右压一块石头。瓦板房一般有3间正屋，中间堂屋兼客厅和厨房，是日常活动的重要区域；左边是农事活动区；右边设内室，是放家具、藏财产的地方，也是女主人的卧室。屋内用木板隔出一层小楼，放置粮食、杂物，兼男性卧室和客房。室内利用杠杆原理，采取托拱斗榫，依次外伸，并多层挑出，让重力被拱架依次分散到四周的立柱和墙体。每一层的拱架底部、屋檐的挑拱和垂花柱，都雕刻着牛蹄、鸟兽、花草等图案。门装有门楣，一般不开向东，有的人家门楣上还刻有日、月、鸟、兽等图案。瓦板房都采用穿、斗、拱、榫而成，不用一颗铁钉。

再访罗木呷村是为了弥补十年前的一次遗憾。当年5月的一天下午，步行路过这里，那原始的瓦板房村落、朴实可敬的人们，还有那美丽的草原和原始森林，真是个人间仙境，叫人激动万分，真想把一切都收进镜头，可我带的相机是索尼F828卡片机，不是镜头短了，就是屏幕小了，拍了几张，电池又用完了，只好依依不舍地离开。回来写了一篇《最后的瓦板房》刊发在《中华文化画报》《四川日报》等报刊，但还是无法弥补内心的欠缺。

十年来，一直怀揣着背部好相机再访罗木呷的心愿，可囊中羞涩，没能力购买单反机。深秋，单位特为我购置一部单反机，才有了重访罗木呷的机会，由是，约同几位摄影家进发罗木呷。这次是车行，县城到龙窝乡的路况不是很好，从乡到罗木呷村的路却几乎埋藏在杂草丛中，驾驶员把四驱、手刹和脚刹全部用上，车上的人紧收全身的肌肉，死抓着扶手。虽然路况不是很舒适，但展现在眼前的大风顶红黄绿白相间，层林尽染，让大家激动万分，车没行驶两步，就被叫停，大家各自举着相机，抓拍那些城里人从未见过的美景。

到罗木呷村时已经是傍晚了，村支部书记比者的都组织人员把我们一行人的行李搬进村委会，我们背着相机，如饥似渴地钻进村落。可十年前那种古老的围栏不多了，多了电线杆、电视等现代文明气息，有的房屋变成了一半红瓦一半瓦板，有幸的是大部分整体没变，罗木呷依然是目前全县292个村中瓦板房相对完整的村，于是"咔咔咔！"的快门声此起彼伏。

晚上，村支部书记比者的都拿头小猪为我们接风，还打了不少酒。一行采风人就数我的年龄最大，按彝家的做客传统，我坐上霸位，每位村民敬酒都从我这里开始，会不会喝酒都要接来打湿嘴唇，以表谢意。几轮酒后，大家和村民理上各种亲戚，于是一扫拘束，话匣子打开在了"三锅庄（火塘）"周围。

"阿波波！一张塑料薄膜就让我们吃上了玉米粑！"罗木呷人感慨的是科学种植。罗木呷海拔高，没法种植玉米，过去吃个玉米粑都很奢侈，推广地膜种植，高产稳产，一地多用，让罗木呷人吃上了玉米粑。罗木呷人感谢的是党和政府给他们送来了电，让祖祖辈辈生活在黑暗中的他们终于过上了光明的日子，看上了电视，在电视上看到新闻，了解国家对农民的致富政策。

让罗木呷人揪心的还是瓦板房。比者的都说："靠山吃山，靠水吃水。在门口劈瓦板盖房，在房前屋后安装个机关，就能套个野生动物来美餐一顿。祖辈们就是依靠大风顶过日子的，世世代代在瓦板房里生长、生活，罗木呷人都对瓦板房情有独钟。可眼下禁伐前存下来的瓦板都用完了，屋顶上使用多年的瓦板一天天在腐烂，有的人家已经支撑不下去了，只好变成了一半红瓦一半瓦板。今年政府要求在我村实施彝家新寨建设，但砖瓦都沉，公路不畅，靠人背马驮，运输时间长，运输成本高，政府补助的费用连运输费都不够，村民们又没经济能力，只好谢绝了。现在的罗木呷人建彝家新寨没能力，保瓦板房没瓦板，是在穿着雨衣守候瓦板房的。"

饭后，我们夜宿在村委会，当大家都钻进睡袋准备入睡时，有人敲门。是一组组长阿维阿合带两位村民，打两件啤酒来敬我们，说是要和我们这些背相机夜宿在山村的人聊聊天，但最终还是在说他们的瓦板房。

阿维阿合敬一轮酒后说："罗木呷人是瓦板房的子女，在瓦板房里生，在瓦板房里长，割舍不下。但现在不准砍伐树木，又没能力接受彝家新寨工程，瓦板一天天在腐烂，比较头痛。你们见多识广，又是县领导身边的人，说话管事，帮我们联系点瓦板，我代表全村人先感谢你们！"

罗木呷人不舍让瓦板房消失，然而，我们的确不知何地在出售罗木呷人需要的瓦板，也许这将成为罗木呷人无法实现的愿望。

阿维阿合他们三位把买瓦板的任务交给我们后，打着手电走了。冬天的夜来得飞快，转眼间伸手不见五指，寨子里没有灯火辉煌，也没有城市的喧嚣，偶尔传来鸟和野生动物的叫声，狗听到那些声音后懒洋洋地叫上两声，试图让它们闭嘴，好让山寨的夜安宁。

和衣钻进睡袋，集体睡在一张村支部书记家用来收荞子的大编织袋上，虽然没有席梦思般舒适，但长期锁在楼房里的我们，就像笼里飞出的鸟，和同伴闹喳不停。深吸着泥土的芳香，纷纷讲述各自初恋的珍藏版，渐渐地，屋子里充满了鼾声。

罗木呷村的早上

"汪！汪汪！……"一阵狗叫声，把我从梦中叫醒。蒙眬中，天渐渐亮了起来。拿起相机出门一看，瓦板村落显露在云雾中，猪、鸡、牛、羊觅食在房前屋后，一群叫不出名的鸟在争着清扫牛背，瓦板屋顶炊烟缭绕，三三两两的人们背回大背大背的蕨基草，阿维阿普牵着马在驮运柴火。放眼望去，是一幅画家笔下的山村美景。阿维阿普说，要过年了，全村人都在准备过年用的柴火,蕨基草是美姑彝人过年必备的草,用蕨基草烧出的猪肉具有色美味鲜的特点。我们打开相机,噼里啪啦,到处抓拍,听着那快门的声音特别过瘾。

"春天到夏天,这片都很美。"阿维阿普指着村口的一片沼泽地说,"到处开满红、黄、紫、白各种各样的花,野鸡、野猪各种鸟兽和家禽家畜会聚在这里觅食,人走到面前它们都不怕。"

放眼望去,有几头家猪和两匹马在那里觅食。走近一看,沼泽地上还有一些小草在寒冬里挣扎,沼泽地尾端清澈见底的溪水,依然在潺潺而歌。

离别时,我们要求和村民留个影,但村民们要求换服装。换上新装个个都变了样,那五颜六色的服装点燃了村寨。他们佩戴的装饰品主要是金、银、玛瑙、珊瑚等制作的,服饰布料大都是棉、绒、丝三种,色彩采用红、黄、

罗木呷人很少照相，对着镜头不自在。

黑三大色，巧取大自然中的各种花纹，以及动物的角、蹄等作纹样。大汉子们的裤子，常由80尺布料缝制而成，裤脚周长在6尺以上，远远大于裤身。我们的拍摄再次进入高潮，可他们在镜头面前总是羞羞答答。

夜色让我们依依不舍地离开了罗木呷，头脑里和相机里都装满了罗木呷人的故事。

走进凉山深处,探秘昭觉角落

阿克鸠射(彝族) 俄底科日(彝族)

初秋就这样悄悄来临了,有多少人因为工作的忙碌,忽略了季节的转变,在城市的忙碌中,我越发怀念乡村的生活。在那车来车往的城市中,只有有心人,才能感觉到生活不是乏味的,不是无奈的。乡村对于都市人来说,有一种永恒的魅力。那里有美丽的田园风光,有让呼吸兴奋的新鲜空气,有洁净无粉尘的辽阔视野,更有无污染的绿色食物。

补约乡位于昭觉县城最边远的角落,那里有广袤的草原、纵横的河流、连绵的群山、茂密的原始森林,在你眼前呈现出的是一幅气势恢宏的高原绝美景色。

不知从哪一天开始，我的内心就有一个声音：要去补约乡。对于我来说，补约乡，已经不仅仅是一个地名，而是一种向往。所以，心灵深处就一直把去补约乡的那条路定义为寻找。

完成这个心愿是在2017年秋季。我们在昭觉县城短暂准备后，便搭上开往补约乡的汽车。到竹核乡后，顺着补约河前行去往补约乡。秋蝉声声环绕的青山，晌午潺潺流动的溪水，夕阳下静谧迷人的乡村，一路行来，美景如影随形，空气中弥漫着浓郁的乡土气息，看着稀疏的行人，一股回归自然之情油然而生。汽车在泥泞的公路上摇摇晃晃地开着，很多时候都让人提心吊胆，似乎在考验着我们去补约乡的胆量和耐力。不到32公里的路，我们整整走了近2个小时。

当走下汽车到达补约乡的时候，第一眼望见满山密密麻麻的荞麦时，我和我的同伴都是一种表情：目瞪口呆。此时，你才真正感受到什么叫震撼。不论是去色底的唯一公路，还是补约乡间时隐时现的小路，随处可见的都是金黄色的荞麦，简直就是金色的海洋。

荞麦飘香的补约甲谷

"党指向哪儿，我就到哪儿去，但色底补约我不去。"补约因地处高寒山区，条件非常艰苦，20世纪70年代，昭觉曾有干部在分配工作时这样调侃过补约乡。

补约乡，位于昭觉县城东北部，距县城30公里。平均海拔2800米，面积40.4平方公里，人口0.23万。辖以史洛村、补约洼以村、阿举列减村、补约散普村。农业主产马铃薯、荞麦、燕麦。

一路伴随云雀的欢叫，我们走进了补约甲谷。蓝天白云下，金黄色的荞麦在漫山遍野随风飘扬。其间,打荞麦和挖洋芋的劳作人与牧童放牧点缀在这幅美丽的画卷里,让人心旷神怡,神奇的感受油然而生。

补约甲谷"格七咯布肥、格史特布夫、格玛地皮日、格种使觉觉"(彝语,意为荞叶如雨伞、荞根如木棍、荞颗如春臼、一片片金黄的荞地),烈日下,阿库依拉家正在荞麦地打着荞麦,因丰收而喜悦的他们忙碌着,看不出丝毫的劳累。

"以前,我们这个地方有个荞麦大丰收的故事。说是补约甲谷曲嘎嘎家在打荞麦时意外地'格谱芜'(彝语,意为天降苦荞)了,正当他家在打荞子的时候,突然风起云涌下起了暴雨,正打着的荞子迅速漂浮在了一片海洋上。嘎嘎认为此事有些蹊跷,回家后杀了头肥猪祭天祭地祭雨。让他家喜出望外的是,从此后苦荞年年丰收,苦荞堆得如山一样……"阿库阿妈阿西伍各给我们讲起了遥远的故事。

后来曲嘎嘎家苦荞年年大丰收一事传遍了山里山外。昭觉境内的解放沟、四开、比尔、附城片区等地的人们纷纷前来他家找荞麦种子。前来寻找荞种的人们都赶着绵羊来调换。一只绵羊能换250斤荞种,这样年复一年地调换着。后来漫山遍野都放满曲嘎嘎家的羊群,在阳光下,在索玛花丛中,让人简直分不清哪儿是羊群,哪儿是索玛花。曲嘎嘎家成了大户人家,过上了幸福美满的生活。

遥远的故事已随历史的尘烟成为传说,我们再也无法考证。但我们知道,从古到今,彝人与荞麦和绵羊是兄弟一样,从没分开过的。

苦荞是一种营养丰富、具有多种保健作用的杂粮,含有19种氨基酸。

高山荞麦一般是4月后播种,其生长期短,用草木灰作底肥,虽说肥力不强,可见效快。

往往播种时节会赶上雨水,柔弱的荞麦苗就出土了,嫩绿浅红的枝叶,紧贴着松软的地面,随风摇曳。

在收获的季节里,荞麦成熟的一片金色基调里,荞麦地显出了美丽姑娘般的姣美。蔚蓝、金黄、翠绿、粉红等一道道美丽的风景呈现在眼前,加上那牧羊姑娘原生态的歌谣,似乎是荞麦在热情奔放地迎接着人们去收割。

万亩荞麦地给补约甲谷平添了艳丽色彩,那随风飘来的阵阵清香,更是人天合一,感人心曲,让山风沉醉,使云雀欢歌。

"我们这个补约甲谷今年至少有20户村民的荞麦是达到5000—7000斤左右的,自从会记事起,今年是荞子最丰收的一年啰!"穿梭在荞麦地里忙得不亦乐乎的阿举列减村民阿库拉依难掩丰收的喜悦。

"真香!真香!"我们的驾驶员土比里布情

让人迷醉的补约乡万亩苦荞

不自禁地感叹着。正午,太阳高挂在我们的头上,阳光轻吻着这片金色的荞麦地,阿库拉依家正在荞地里收割打荞子。经过他家的打荞场时,荞香把我们熏成满身清香味儿。此刻,远处辽阔的天地间飘浮着朵朵白云,我们的驾驶员土比里布用手轻轻抚摸着金黄色的荞麦,用鼻轻闻着。

"司母补约（补约乡原名）年年有荞种，阿七比尔（冕宁泸沽）年年有谷种！"蓝蓝的天空，空气里弥漫着的苦荞清香味儿扑面而来，补约甲谷旷野绿色葱郁。自从彝人在补约乡播种荞麦以来，年年丰产！

但是，如今在一眼望不到边的荞麦地里没几个人在忙碌，让我们感觉不到丰收的喜悦。因为年轻力壮的劳力都外出务工去了，只剩下老年人、妇女和小孩在收割着荞麦，万一突然来了一场暴雨，那一年可就白辛苦了。看来，如今的打工潮对深山农耕文明的冲击也不小。

神秘的大石头和古树

"左有尔诺山，右有支惹山。"走在万亩荞麦地间，人飘逸起来。走到补约甲谷"德普波什"的山脚时，这句古老的俗语又在耳旁萦绕起来。

这是一句源自彝族经典《指路经》里的话，《指路经》里描绘的祖界是一个美妙无比的地方和幸福的栖息居所。彝人死后的灵魂需经过千山万水，沿着祖先的路线才能抵达那个美好的地方。正说着，我们的向导吉朵拉机娓娓道来了送灵指路在该乡境内的过程：尔哄呐臂—斯支波什—吧啦波什……—孜孜普乌。

"左有尔诺山，右有支惹山"，经文中的这句话有两个地名，即尔诺山和支惹山。尔诺山就是矗立在一座小山坡上的一块5立方米左右的大石头，当地群众说它像一个人头。为了佐证这一说法，我们一行走在远处看它，这一石头还确实像一个人坐在山坡上守护庄稼的模样。

据说，该石头下面经常有一条红蛇在游走。我们攀上去看，并没有发现什么特别之处。但是当地群众说起这块石头，总是显得神秘无比。石头的斜对面就是支惹山，其实也不是什么名山，就是一棵古老的树，当地人称白杨树。当天回昭觉后，我们曾把该树的图片发到网络上也没人认出来，也曾请教过昭觉县林业局工作人员，大家都认不出该树属于哪一科类，也不知道具体的学名，这样更增加了这棵老树的神秘性。

这是一棵古老的大树，枝壮叶茂，其下半身有一个很大的窟窿。说是以前下大雨时，几个小孩可以躲进窟窿里遮风避雨，每次农民们耕完地后，把犁铧和锄头之类的农具都藏在此洞里。大树枝繁叶茂，还有一个三层的喜鹊窝，有许多不知名的鸟儿在旁边鸣唱着。这是我们所见过的一棵奇特的古树。

"自从到补约乡工作以来，我一直关注着这棵树。之前曾有段时间，叶子枯黄了，看起来没有精神，没有鸟类在此搭窝繁衍。自2013年开春以来，该乡村民对古树开展祭祀活动后，

枝繁叶茂的古树

该古树又慢慢枝繁叶茂起来，喜鹊也来到上面搭窝繁衍生活，至今没有离开过。"补约乡副乡长木帕古体介绍道。

石头与古树中间有一条路，当地百姓们说，自从他们的祖先居住在这里以来，每当有人结婚、第一次送小孩到公婆家等都从不走这条路，都要绕道而行。据长辈讲，有传说是新娘和小孩从这条路上走过，便会发生不幸。

当地还有"有一条红蛇经常游走，轮流生活在石头和古树下，一年在石头下，一年在古树下"等说法。虽然是传说，却给古树又增添了另一层神秘色彩。

"不发怒你就永远不发，发怒你就狠狠地发吧！"有一次，补约乡一名叫甲巴吉古的老师怀着好奇之心来到古树下，想证实一下各种神秘传说的真伪，说着说着就在树下把早已准备好的狗粪、猪粪打洒在古树上。突然他听见

古树和石头中间的路,被人们赋予了很多传说。

一个铃铛"咯咯"地飞走的声音,之后就不理不睬地回家了。过了一会儿,天真的变了,德普波什的山腰上厚厚的云层绕山下来了,他还没回到学校一场暴风骤雨就降临了,河水突涨,让他没法回到学校,在山里过了一夜。虽然传说不可信,但这个谜至今无法解释……

"如果谁得罪了古树,就得请祖传经书的毕摩来做法事祭祀才行的。自古就是阿尔毕摩、曲比毕摩来祭祀。之前是阿尔木牛、曲比久哈,现在年过四十的曲比阿克祭祀18年,祭祀品有酒、千层荞饼、白公鸡等,酒是全乡人民AA制来平分;千层荞饼、白公鸡由毕摩家来出。做了祭祀仪式过后,这里才风调雨顺、牛肥羊壮、安居乐业。"千百年来,这样的祭祀仪式流传至今。

因为有了各类神秘的传说,这棵古树至今没人敢故意动它一下,更别说砍、摘叶子、爬、掏鸟窝了。因此,居住在这里的人们,至今依然对它充满崇拜。如果有人故意动了石头和古树,德普波什的山腰下就经常乌云密布、雷电不断,风不调雨不顺,须得请祖传经书的毕摩来做法事进行祭祀。

竹核温泉源头的传说

"我还记得很清楚,我的前辈们经常说,以前此处才是出温泉之地,后来强盗常常在此过逍遥生活,因此村里的长辈们以打鸡杀狗来诅咒强盗,亵渎了神灵,因此温泉就变迁到竹核去了。"吉朵拉机娓娓道来。

穿越金黄色的荞麦地,遇见了一个水源,清澈而明亮的泉水从此地四处小洞潺潺流出,俯下身子尝了一口,比矿泉水还清凉。我们还来不及问到时,旁边的吉朵拉机就讲起此泉水的有关故事了。据说,这山泉就是竹核温泉的源头。

据补约乡的彝族传说，竹核温泉原源于补约乡，当时泉水温度很高，樵民放入鸡蛋，等打柴回来鸡蛋已熟了可立即食用，后来因为不干不净的人也前来泡泉，亵渎了神灵，便变迁到竹核去了。

还有一种传说是，远古时，竹核是一个方圆数十里的海子，支格阿鲁射日月后，见如此美好的竹核竟是汪洋一片，实觉可惜，便拉弓搭箭，向竹核的勒木哈洛山射去，射开一缺口，海水顺流而下，竹核便成为一个产稻谷的好地方，但人们种下的水稻因水温太低而难以成熟，正当人们万般无奈之际，一大股热水从里者格额向竹核坝流来。原来是居住在这里地下的三条龙为造福人类吐出的热水。这些传说，自然不可信，但为竹核温泉蒙上了神秘的色彩。

彝族民间传说是历史的产物。尽管时代久远，且是口头流传并经过人民群众的加工改造，但其所反映的基本"史实"是未变的，我们可以透过它去了解历史及其变迁。如竹核温泉的传说则包含着彝族人民热爱自己家乡的情感，同时解释了温泉这种自然现象的由来。

遇见七具狐狸尸体的传说

晴有蓝天白云，阴有乌云密布，阿举列减村曾经有个这样的故事，来到补约一路只遇见"七具狐狸尸体"。

久远的之前有一天，外地一位长者来到补约走亲戚，走着走着迷路啦，由于雾大，他只记着路边的红色的狐狸尸体，来来回回绕了七次，最后来到了牧羊人旁，他说今天遇到了七具狐狸尸体。

此时牧羊人说你可是迷路啦，在那里只有

一具狐狸尸体，一路遇见"七具狐狸尸体"的故事，就是阿举列减村这个地名的由来。

其实这也不是神秘，只是长者来的不是时候，恰恰遇到了阴天，雾大，就是一个"迷"字（迷路），也说明了不常来，自然条件恶劣。在高山边远地区，这种情况并不鲜见，而且当时的交通不发达，地形地貌有相似之处，我想现代人也会有同样的遭遇。

大雁栖息的谷克德

补约甲谷"格七咯布肥、格史特布夫、格玛地皮日、格种使觉觉"，更是纯朴而喜悦的人民眼中美妙的传说。如"谷克德"，地处阿举列减村补约甲谷，也称之为"古则波什（祭祀雁地）"。补约甲谷有一个大湿地，中间有一个漩涡，漩涡里长着一簇簇的芦苇草，大雁每年都在这里搭窝繁衍，一年繁殖了两只小雁，来年雁群来了送上，跟着迁徙。"何处秋风至，萧萧送雁群"。

"古都莫木支、尼都扒木支"（彝语，意为打雁发怒的是天地，打妇女发怒的是女方家支），补约甲谷"谷克德"之地，如果有人在这里搞鬼捣乱的话天神发怒、雷雨不断，群众遭殃，就此出现了一个"祭祀大雁"的故事。

"一旦天神生气了，得请大毕摩来祭祀，毕摩从前是阿尔毕摩来祭祀，后来沙马曲比沙嘎火日家来祭祀，我们就需要一只从小就阉了的大白羊、酒（四个村一起出）、毕摩准备的千层荞饼，而且只能用我们家（阿库拉哈家）锅瓢，煮羊肉的汤不能多，只能少，达到汤味十足，这样祭祀大雁才风调雨顺、五谷丰登、安居乐业、幸福安康的啊。"阿西伍各莫一本正经地说道。

"2007年，在这个湿地里我还参与了一件事：邻居吉打阿子家的一头牛不小心掉下漩涡里,只见牛尾巴,后来我动员全村的年轻人才把牛拉上来了。遗憾的是,拉上来的时候牛已经死了。"阿西伍各莫的儿子抢着说道。这个就是以前的谷克德漩涡,现在人走在上面还有动感。

祭祀大雁,风调雨顺、五谷丰登、安居乐业、幸福安康。因此,目前莫里甲谷、日哈、美姑等地还在继续祭祀大雁。

补约乡,真是一个很难用语言描述的地方。不论多么美丽的文字,多少诱人的图片,都抵不过自己亲身的探访。

图书在版编目(CIP)数据

凉山故事 / 李辉主编；何万敏等著 . —深圳：海天出版社，2019.1
（地名古今）
ISBN 978-7-5507-2498-3

Ⅰ.①凉… Ⅱ.①李… ②何… Ⅲ.①随笔－作品集－中国－当代 Ⅳ.①I267.1

中国版本图书馆CIP数据核字(2018)第229733号

凉山故事
LIANGSHAN GUSHI

出 品 人	聂雄前
项目负责人	曾韬荔
责 任 编 辑	孙 艳
责 任 技 编	梁立新
装 帧 设 计	自留地 交流邮箱：919679085@qq.com

出版发行	海天出版社
地 址	深圳市彩田南路海天综合大厦 (518033)
网 址	www.htph.com.cn
订购电话	0755-83460397(批发) 83460239(邮购)
排版制作	深圳市龙墨文化传播有限公司（电话：0755-83461000）
印 刷	深圳市新联美术印刷有限公司
开 本	787mm×1092mm 1/32
印 张	7.5
字 数	100千
版 次	2019年1月第1版
印 次	2019年1月第1次
定 价	45.00元

海天版图书版权所有，侵权必究。
海天版图书凡有印装质量问题，请随时向承印厂调换。